官能アンソロジー

秘戯 E
(Epicurean)

草凪　　優
鷹澤フブキ
皆月　亨介
長谷　一樹
井出　嬢治
八神　淳一
白根　　翼
柊　まゆみ
雨宮　　慶

祥伝社文庫

目次

さくらの降る街——色街そだち外伝

草凪　優

著者・草凪《くさなぎ》　優《ゆう》

一九六七年東京生まれ。日本大学芸術学部中退。シナリオライターを経て、官能小説の執筆を開始。近著に『夜の手習い』。本作は浅草を舞台に少年の成長を描いて絶賛を浴びた『色街そだち』の番外編。年内に第二弾を上梓予定。

1

言問《こととい》通りを隅田川《すみだがわ》に向かって歩いていく。江戸《えど》通りを渡る前に、早くも桜の花びらがひとひら、頬《ほお》を撫《な》でた。風の強い日だった。言問橋の手前を右に折れて隅田公園に足を踏み入れると、東武《とうぶ》線の鉄橋下の向こうまで続く桜並木が満開を迎えて吹雪《ふぶき》のように咲き乱れ、視界が淡いピンク色に染まった。

平日の昼過ぎなので、花見の客はまばらだった。砂場やぶらんこでは近所の子供たちが花など知らぬという顔で日課の遊びに精を出し、焼きそばやお好み焼きを売る屋台ではダボシャツ姿のテキ屋の兄さんが退屈そうに紫煙《しえん》をくゆらせていた。澄んだ青空を遮《さえぎ》るようにアーチを描き、春風に吹かれて豪快に花を散らしている桜並木は絶景と言っても過言ではないのに、眠気を誘うようなのどかな空気だ。

「……ふうっ」

岸田正道《きしだまさみち》は荷物を降ろし、息をついた。荷物は荒縄で縛《しば》ったブルーシート。夜に行なう花見のため、昼から場所取りに来たのである。

「おう、ボウズ」

初めて板場に入った三日前、おやっさんに言われた。

「おめえの家、浅草《あさくさ》だったたな」

「はいそうです」

「だったら、今年の花見は浅草の大川《おおかわ》沿いでしようじゃねえか。おめえさんの歓迎会も兼ねてな。今度の店の定休日に場所取りをしとけよ」

高校を卒業した正道は、この四月から神田《かんだ》の料亭『松葉《まつば》』で板前修業を始めたばかりだった。世話になっている叔母には大学受験を勧められたけれど、料理人を目指したいという正道の決意は固かった。最後は正道の熱意に折れる形で、叔母が『松葉』のオーナーに口をきいてくれた。本音を言えば、浅草にある店で働きたかった。二年前、北海道から単身上京して暮らしはじめたこの街を、正道はことのほか気に入っていた。

時は一九九〇年、バブル経済が終焉《しゅうえん》に向けて最後の熱狂のさなかだった。年号が昭和から平成に変わっても、戦後から高度成長期、いや、江戸の記憶までを色濃く残したこの浅草で、イッパシの男に成長したかったのだが、神田までなら銀座線で十分とかからない。住み込みを免除され、自宅から通ってもいいという条件だったので、『松葉』で世話になることにしたのである。

板前を目指す誰もがそうであるように、正道が最初に与えられたポジションは「追いまわし」だった。またの名を「ボウズ」や「アヒル」とも言われる追いまわしは、鍋《なべ》を磨《みが》いたり、野菜や魚を洗ったり、厨房《ちゆうぼう》を掃除したり、文字通り追いまわされるようにして一日が過ぎていく過酷《かこく》な下働きである。たった三日間しかやっていないのに、正道はすでに息も絶えだえだった。体力は人並みにあるつもりだし、料理人になりたい気持ちに嘘偽《うそいつわ》りはなかったけれど、こんな下働きを二年も三年も続け、それから揚場《あげば》、焼き方、煮方《にかた》と、一人前の板前になるまでざっと十年近くもかかると思うと気が遠くなってしまった。

（なあに、修業はまだ始まったばかりじゃないか……）

いくらなんでも後悔するのは早すぎるだろう。ひとまずは今夜の花見である。枝ぶりのいい木を選んでその下にブルーシートをひろげ、四隅に石を置いた。参加者は板場の男六人の予定だが、ひとりがひとりずつ友達を連れてきても余裕で座れる広さだった。シートの真ん中に寝転んで桜を見上げてみた。青空を背景にピンク色の花びらが舞っている様子は浮世離《うきよばな》れした美しさで、心が洗われるようだった。

しかし、いくら美しい景色といっても、ひとりで眺めているには限度がある。三十分もするとすっかり飽きてしまい、知りあいでも通らないかとあたりを見渡した。

隣の木の下に、黒いリクルートスーツ姿の女がいた。

並木道の下には、他にもあちこちに真新しいスーツに身を包んだ男女の姿が散見している。どこの職場でも、花見の場所取りは新人の仕事ということらしい。

だが、それとはべつになにか気になる。隣の木の下の女に、見覚えがあるような気がしてならない。正道のようにシートを敷くでもなく、誰かを待つように立っている女。絹のようにつやつやした長い黒髪、白くて細い首、すらりとした立ち姿、冴《さ》えた頰をもつ凜《りん》とした横顔──。

「……あっ」

正道は思わず声をあげ、躰《からだ》を起こした。

その声に気づいて女が振りかえる。

少し吊《つ》りあがった大きな眼を、訝《いぶか》しげに細めた。その眼に宿った高貴な猫のような光を見て、正道は自分の記憶の正しさを確信した。

「彩子《あやこ》先生、ですよね？」

おずおずと声をかける。

「東日本橋《にほんばし》高校で、去年の秋、教育実習をしてた……」

「ああ……」

彩子先生はゆっくりと破顔した。

「岸田くん、だったね。三年C組、出席番号十一番」

「そうです。よかった、覚えててくれて……」

正道も笑顔をこぼした。先生の本名は富永《とみなが》彩子。彩子先生と呼ぶのは、校内に同じ富永という姓の教師がいたからだ。担当教科は国語で、正道のクラスの受けもちだった。

「先生も、お花見の場所取りですか？」

「うん、そう」

彩子先生はうなずき、

「でももう先生はやめて。わたし、結局教員にはならないで普通に就職したの」

と名刺を渡してくれた。誰もが知っている有名な建設会社だった。

「すごいな、こんな一流会社に就職するなんて。でも、あの……僕にとってはずっと先生ですから」

「岸田くんは大学生？」

「いいえ。三日前から神田の料亭で働きはじめました。板前になるつもりです」

「そっか。それじゃあ、同じ社会人一年生ね」

「いや、あの……びっくりしちゃうなあ……まさか彩子先生と、こんなところでばったり会っちゃうなんて……」

正道はもじもじと身をよじり、端整《たんせい》な美貌を隙のないメイクで飾った顔と、渡された名刺を交互に眺めた。

時間が高校時代に巻き戻っていく。

正道にとって、彩子先生は忘れられない人だった。

美人だから、だけではない。

お嬢様学校として名高い女子大から来たからでも、黒や濃紺のスーツを清楚《せいそ》に着こなした姿が育ちのよさを感じさせたからでも、担当教科は国語なのにベテランの英語教師よりもずっと流暢《りゅうちょう》なクイーンズイングリッシュをしゃべれたからでもない。

東日本橋高校は都立の男女共学校で、偏差値はそれほど高くない。はっきり言って真面目な生徒はごく一部で、あからさまな不良生徒以外でも授業をさぼって喫茶店に行くことくらいは日常茶飯事《さはんじ》、頭のなかはバイトやディスコや不純異性交流で占《し》められている連中が大半だった。

そんなところにお嬢様学校の女子大生がやってきたのだから、まさしく飛んで火に入る夏の虫、日々軋轢《あつれき》が絶えなかった。

最初は「彩子先生、彩子先生」と懐《なつ》いていた連中も、三日もするとその存在にすっかり飽きて、授業を無視しておしゃべりに興《きょう》じた。漫画を読んだ。弁当を食べた。質問をされても、「先生、彼氏いるの？」と返して教室中の爆笑を誘った。

彩子先生はお嬢様然とした容姿に似合わず勝ち気な性格の持ち主だったので、そのいちいちに逆上《ぎゃくじょう》した。「あなたたち、授業をいったいなんだと思ってるの！」と、時には涙まじりで声を荒らげた。涼《すず》やかなソプラノボイスが、二週間の教育実習期間を終えるころには無惨《むざん》なまでに嗄《か》れていた。

正道は、そんな彩子先生にいつしかシンパシーをもつようになっていた。二年の途中に北海道から転校してきた正道もまた、どこか軽薄な学校の雰囲気にまったく馴染《なじ》めなかったからだ。彩子先生が言うことを聞かない生徒たちに声を荒らげ、歯ぎしりし、空まわりして涙眼になっているところを見ると、眼頭《めがしら》が熱くなった。そして、自分以上にこの学校に馴染めない人間が存在する事実に、不思議な安堵《あんど》を覚えたのだった。

2

「いいか、岸田。追いまわしを経験しねえで板前になったやつはいねえ。追いまわしが楽しくてしょうがなかったやつだっていねえ。厨房は戦場だ。俺たちは口より先に手が出ちまうことだってある。とにかく、我慢《がまん》、辛抱《しんぼう》、忍耐《にんたい》だぞ。歯ぁ食いしばってこつこつやってりゃ、そのうち力もついてくる」

まだ夜の帳《とばり》が完全に落ちていないのに、おやっさんは完全に眼が据《す》わっていた。他の兄さんたちも同様で、午後五時の集合時間に姿を現わすなり、持ち寄った酒をすさまじい勢いで呷《あお》って、あっという間に顔を真っ赤に上気させた。

正道は一升瓶《いっしょうびん》を脇に抱え、先輩たちに酌《しゃく》をしてまわりながらも、隣の木の下で開かれている宴会が気になってしょうがなかった。

偶然の再会を果たした彩子先生と少しは話がしたかったのだが、挨拶《あいさつ》をしているうちに彩子先生の会社の人——おそらく彩子先生と一緒に今年入社した新入社員——が数人やってきてしまい、宴会が始まるまで長い待ち時間があったにもかかわらず、まったく話すことができなかったのである。

正道側の『松葉』板前グループは、岩のように厳《いか》つい顔と躰をしたおやっさんを始め、立板のゲンジさんも、煮方のリュウさんも筋者のような派手な服を着ておっかないオーラを放っているが、隣はさすがに一流企業だけあってみなシックなスーツ姿だった。しかし、上座に座った中年男たち——部長とか課長とか偉い人だろう——の飲み方は横柄《おうへい》そのもので、新人の務めで酌をしてまわる彩子先生が大変そうだった。彩子先生はことのほかプライドが高かったから、内心屈辱を噛《か》みしめていることだろう。

「しかし、なんだね……」

ゲンジさんが茶碗酒に浮かんだ桜の花びらを面倒くさげに取りながら言った。

「せっかくこんな見事な桜の下で飲んでるってのに、男ばっかりってのも味けないね」

「いちおう仲居《なかい》のみんなに声かけてみたんですがね。きっぱり断られました」

リュウさんが頭をかくと、

「いやだね、モテない男は」

おやっさんが笑った。

「心配しなくても、しばらくしたらお姉ちゃんのいる湯島のスナックにでも繰《く》りだそうじゃねえか。それとも、吉原《よしわら》がいいか？　おい、ボウズ」

「えっ……」

正道はおやっさんにギロリと睨まれて息を呑《の》んだ。

「行ったことあるか、吉原」

「え、ええ、まあ……一度だけ……近所のお兄さんが奢《おご》ってくれて……」

「なんて店だよ」

「……セ、セザンヌ」

「なんだと！」

その場にいた男たちがいっせいにいきり立った。

「セザンヌだって？　総額七万を超える超高級店じゃねえか」

「そんな店、俺だって行ったことないぞ」

「おやっさん。このボウズはとんでもない野郎ですね。マセガキにもほどがある」

ゲンジさんもリュウさんも他の兄さんたちも、憎々しげに正道を小突《こづ》きながら、茶碗酒をぐいぐい呷った。叔母の経営するおでん屋でアルバイトをした経験から酔っぱらいの対処はそれなりに心得ているつもりだったが、その場にいる男たちは全員が全員、呆《あき》れるほどの酒豪で、荒れ狂う酒乱だった。セザンヌの話がよほど気に障《さわ》ったらしく、酔うほどに正道にからんできた。

（ま、まいっちゃうな。言わなきゃよかった……）

四本あった一升瓶が一時間ほどでなくなってしまい、正道は近所の酒屋まで買い物に走らされた。茶碗酒を飲まされたせいで、足がふらついていた。正道は十八歳。酒を飲んだ経験がないわけではないが、それほど得意ではない。このままでは、花見につきものの急性アルコール患者になってしまう。

だが、酒屋で二本の一升瓶を買って戻ってくると、場の空気が一変していた。ブルーシートは広いのに真ん中で額《ひたい》を突きあわせ、なにやらひそひそと密談をしている。

「……ど、どうかしたんですか？」

正道が車座に入って声をひそめると、

「どうもこうもねえよ」

リュウさんは吐き捨てるようにつぶやくと、小さく顎《あご》をしゃくって隣の木の下を見るようにうながしてきた。

正道は息を呑み、眼を見開いた。

驚いたことに、リクルートスーツ姿だったはずの彩子先生が、セーラー服を着けていた。紺の上着に短めのプリーツスカート。襟《えり》の三本ラインとリボンは白。きわめて清純なデザインであるが、大学を卒業したばかりの彩子先生が着けると違和感があった。二十二歳の色香とセーラー服の清純さがミスマッチで、必要以上にいやらしく見える。

「ああいうのを……セ、セクハラっていうんだろ」

おやっさんが呂律《ろれつ》のまわらない口で言う。九〇年代初頭は、セクシャルハラスメントという言葉が流行《はや》りはじめたころだった。

「たぶん、宴会の余興《よきょう》で上司に無理やり着させられたんでしょうね」

ゲンジさんが引き取って言う。

「どすけベサラリーマンが考えそうなことですよ。まったく可哀相《かわいそう》に」

よく見れば、彩子先生以外にもセーラー服を着ている女がふたりと、詰め襟の学生服を着ている男がひとりいた。みな新入社員らしい顔つきをしていた。ゲンジさんが察したとおり、上司の誰かが新人全員に高校時代の制服を着てこいと強要したのだろう。

気の毒な話だが、余興のアイデアとしては秀逸《しゅういつ》だと言わねばなるまい。

宴席の中年男たちはセーラー服姿の彩子先生を見て眼尻を垂《た》らし、みな嬉しそうにお酌してもらっている。隣の木の下の正道たちをはじめ、まわりで花見をしているグループから通りがかりの人たちまで、その様子に眼をやらない男はいない。

彩子先生は舐《な》めるようなその視線に気づいているのだろう。

端整な美貌《びぼう》を泣き笑いのようにくしゃくしゃに歪《ゆが》めてお酌をしながら、しきりにプリーツスカートのヒップを押えている。強い風がスカートをまくりあげ、いまにも衆人《しゅうじん》環視《かんし》のなかで下着を見せてしまいそうだ。

彩子先生の心情を思うと、正道は胸が締めつけられるようだった。

お嬢様育ちの彩子先生はひどくプライドが高く、容姿に反してとても勝ち気だ。高校に教育実習に来たとき、生徒たちに少しからかわれただけで逆上していた姿が眼に浮かぶ。こんなセクハラまがいの扱いを受け、腸《はらわた》が煮えくりかえっているに違いない。

それでも彩子先生は、笑顔を崩さなかった。

ひきつった笑顔ではあったけれど、身を挺《てい》して宴会を盛りあげていた。

教育実習に来たときはまだ女子大生だったが、いまは立派な社会人、給料をもらうＯＬになったということだろうか。

その痛々しくも健気《けなげ》な姿から、正道はしばらく眼が離せなかった。

3

夕方から夜にかけては宴たけなわだった桜並木も、終電時刻が近づくとさすがに人影がほとんどなくなっていた。

正道はふらふらになって隅田公園に戻ってきた。

料亭『松葉』の一行は、隅田公園での花見の後、湯島のスナックを三軒はしごしてから解散になった。おやっさんからタクシー代をもらったのでまっすぐ家に帰りたかったのだが、公園に置きっぱなしにしてきたブルーシートや食器類を回収しなければならない。屋台の灯りが消えたあとまで放置しておくと、浮浪者に持ち去られてしまう。

（……あっ）

元いた場所に戻ってくると、彩子先生がひとりでカップ酒を飲んでいた。ベージュのスプリングコートを羽織《はお》っているが、その下は宴会のときに着ていたセーラー服のままだ。

そして腰をおろしているのは、正道が畳んでおいたブルーシート。

「遅かったわね。待ってたのよ」

正道に気がついた彩子先生が、にっこりと微笑《ほほえ》む。

「荷物取りに来るだろうから、戻ってくると思って」

「ど、どうして……」

嬉しさを伝える前に、疑問が口をついてしまった。

「だってゆっくりお花見できなかったじゃない。あなたも、わたしも」

彩子先生の顔は笑っているのに泣いているようにも見え、正道は正視していることができなくなった。飲み直しでもしないと、やりきれない気分なのだろう。

春の生温かい夜風が、ふたりの間をゆらゆらと流れていく。

「わかりました。でもちょっと歩きませんか？」

正道は言った。

「いいわね」

彩子先生が立ちあがり、開けていないほうのカップ酒を差しだした。正道はそれを受けとり、歩きだした。ブルーシートと食器類の荷物は置いたままだった。もう屋台の灯りも消えていたけれど、盗まれないように祈るしかない。

言問橋を渡って牛嶋《うしじま》神社の脇を抜け、墨田区側の隅田公園に入った。

こちらの桜も見事だが、大川沿いの散歩コースから少しはずれるので、夜中になるとまったく人影がなくなる。地元の人間だけが知る隠れスポットだ。桜の下に並んだベンチも、場所取りの必要もなくどこでも座ることができる。

「岸田くん、宴会のときからちらちらこっち見てたでしょう？」

彩子先生は自虐《じぎゃく》的な笑いをこぼしてコートを脱ぎ、セーラー服姿になった。

「これ、本当に高校時代に着てた制服なのよ。上司がいきなり、宴会の余興に新入社員には高校時代の制服を着てもらおうなんて言いだして……でも、似合うでしょ？」

どこまでも自虐的に、その場でくるりと一回転する。膝《ひざ》上まである短いプリーツスカートがまくれてむっちりした太腿《ふともも》がのぞき、正道の心臓は、ひとつ跳ねた。不思議な気分だった。なにしろ先生だったはずの彩子がセーラー服に身を包み、眼の前にいるのだ。

「恥知らずな女、とか思ってたんじゃない？　こんな格好で男の人にお酌してまわって」

「いいえ……」

先生がふて腐《くさ》れた顔でベンチに腰かける。

隣に腰をおろした正道は、首を横に振った。

「そんなことないです。こう言っちゃなんですけど、逆に励《はげ》まされました。僕だって板場に入ったばっかりで、恐い兄さんたちに小突きまわされて……でも、先生だってあんなふうに頑張《がんば》ってるんだから、僕もって……」

「……そう」

彩子先生は長い溜息をつくようにうなずくと、カップ酒を傾けた。

正道も飲んだ。

びゅうと風が吹いて頭上の枝が揺れ、桜の花びらが降ってくる。外灯に照らされた花びらが雪のように白く舞い降りて、透明プラスチック製のカップのなかで淡いピンクに色づく。彩子先生も正道も、そのまま酒を口に運んだ。

「なんか恐いね、ここ」

「ええ」

先生の言葉に正道はうなずき、

「桜がきれいすぎるからでしょうかね」

「坂口安吾《さかぐちあんご》じゃないけど、桜の下にいると孤独を感じちゃう。読んだかな？　『桜の森の満開の下』」

「いいえ」

その小説はタイトルだけしか知らなかったけれど、ひとりで隅田公園に戻ってきたときから、正道は感じていた。人気《ひとけ》のない満開の桜の下は恐いのだ。外灯に照らされた花びらが白く舞う景色は荘厳《そうごん》で、まるで妖気《ようき》でも漂っているようだった。春のはじまりに咲いて散ってしまう桜の花はどこまでも儚《はかな》く、生命がもつ本質的な無常さを否応《いやおう》なく伝えてくる。人も花も、意味もなくただ生まれて死んでいくという事実が、切々《せつせつ》と胸に迫る。

ああそうか、と正道は思った。恐いからこそ、人はみな桜の木の下で馬鹿騒ぎをせずにいられないのだ。浴びるように酒を飲み、年端《としは》のいかない追いまわしを小突きまわし、新人ОＬにセーラー服を着せずにはいられないのだ。

びゅうと再び風が吹いた。

気がつけば、正道と彩子先生は手を繋《つな》いでいた。不思議なくらいに自然に手を握りあい、指と指、手のひらと手のひらを擦《す》りあわせていた。

体温が伝わってくる。

やや冷たかった先生の手がじわじわと温度を高め、汗ばんでくる。

「せ、先生……」

正道は照れを隠すように口を開いた。

「先生が女子高生のとき、モテたでしょう？　セーラー服も似合うし」

「べつに……女子校だし、あんまりね……」

下を向いて答えた彩子先生は、驚いたことにひどく恥ずかしそうな顔をしていた。頬がピンク色に染まっているのは、カップ酒のせいだけではないらしい。

「あ、あの、先生……」

「なによ?」

顔をあげた彩子先生は怒ったように頬を膨《ふく》らませていたが、眼がねっとりと潤《うる》んでおり、一瞬で欲情が伝わってきた。

「いや、あの……花が……」

頭に桜の花びらがいくつもついていた。つやつやとした光沢を放つ黒髪が、花びらに飾られて匂いたつ色香を放っている。

「とって」

彩子先生が首を伸ばし、顔を近づけてきた。

正道の手は、黒髪ではなく頬を包んだ。肉が薄く、皮膚も薄い先生の頬はしかし、ピンク色に上気して妖しい熱気を手のひらに伝えてきた。

先生が眼を閉じる。

無防備に差しだされた先生の唇は野いちごのように赤く色づき、酒で少し濡れて、誘うように半開きになっていた。

くらと肉厚で、見た目から想像したよりずっと柔らかかった。

吸い寄せられるように、正道は唇を重ねた。先生は拒《こば》まなかった。先生の赤い唇はふっくらと肉厚で、見た目から想像したよりずっと柔らかかった。

「……ぅんんっ」

4

口づけは一秒ごとに深くなり、正道は彩子先生と濃密《のうみつ》に舌をからめあった。なにかに急《せ》きたてられるように、お互いの舌をむさぼった。

べつにふたりを急きたてているものなどなにもない。あたりに人影はなく、遠くに見える屋台もとっくに灯りを消してしまっている。先ほどまで一定の間隔で聞こえてきた東武線が鉄橋を渡る音も、終電を迎えたらしくぴたりと鳴りやんだ。

強《し》いて言えば、休むことなく頭上から降りつづける桜の花がふたりを急かしていた。ひとりでじっと眺めていると底冷えする恐怖を運んでくる桜吹雪は、けれどもその下で羽目《はめ》をはずしはじめると、途端《とたん》に欲情を煽《あお》りたてる装置になった。

本能が疼《うず》いた。

清純な白いリボンのセーラー服を着た彩子先生は、冴えた双頬をアルコールと欲情で蕩《とろ》けさせ、ディープキスに夢中になっている。正道がかつての教え子であったことなど忘れた素振りで、舌をからませ、唾液《だえき》を啜《すす》りあう行為に没頭している。

正道は腕を伸ばし、ベンチに座ったまま女体を抱きしめた。

もう一方の手で、セーラー服の胸のふくらみを包みこんだ。

「ぅんっ……ぅんんっ……」

やわやわと揉みしだくと、彩子先生は鼻奥であえいだ。舌を差しだし、からめあいながらあえぐ表情がぞっとするほど艶《なま》めかしく、正道はふくらみをつかんだ手に力をこめた。

豊満な乳房だった。

紺色のセーラー服の下に感じるブラのカップが大きい。

「あ、あの……」

正道は一瞬口づけをとき、彩子先生の顔をのぞきこんだ。視線で、このまま続けていいのかと問いかけた。花やしきの裏あたりまで行けば、正道のポケットに入っているお金でも払える安いラブホテルがいくつかある。

だが、彩子先生にはここから動く気などまるでないようだった。

うかがうような正道の表情を見てふっと笑うと、右手を伸ばしてきた。隆々《りゅうりゅう》とテントを張った股間を、まろやかなタッチで撫でさすられた。濡れた瞳には、このまま桜の花びらを浴びながら情事に耽《ふけ》りたいと書いてあった。正道と抱きあいたいというより、誰でもいいからこの場所で欲情を解放したいのかもしれない。

「むっ……むむぅっ……」

正道は股間の刺激にうめきながら、セーラー服の脇にあるファスナーをあげた。先生がそのつもりなら、もはや遠慮する必要はなかった。ファスナーをあげると、セーラー服のなかに手指を忍びこませた。セーラー服の下はいきなりブラジャーで、すべすべした素肌の感触が伝わってきた。それに続いて伝わってきたのが、ブラジャーのレースのざらついた感触だ。

正道は女体の背中に手をまわし、ブラジャーのホックをはずした。

それからあらためて前に手を戻し、レースのカップとすべすべの素肌の間に手のひらを滑《すべ》りこませていく。もっちりした量感に陶然《とうぜん》となる。セーラー服の下に隠れているにしては、充分に熟れた揉み心地だ。

「ぅんんっ……ぅんんんっ……あああっ！」

柔らかい乳肉を揉みしだき、先端の敏感な部分をくすぐるように刺激すると、先生は口づけを続けていられなくなった。左右の乳首が硬《かた》くなっていくにつれ、天を仰いであえぐ表情は切迫し、はずむ吐息が甘酸《あまず》っぱくなっていく。夜闇のなかに、発情した牝《めす》のフェロモンを振りまきだす。

「い、意外ね……」

先生が濡れた瞳を向けてきた。

「若い男の子の愛撫って、もっと荒々しいと思ってた……岸田くん、慣れてる……」

「いえ……」

正道は照れた顔を左右に振った。とはいえ、浅草に来て以来、年上の女性と躰を重ねる機会が多かったのは事実だ。ステディな彼女ができたことはなかったけれど、十八歳にしては経験に恵まれているほうかもしれない。

（……んっ！）

照れを紛《まぎ》らわすために先生の太腿の上に手を置いて、正道は動きをとめた。ざらついた感触がした。眼を凝《こ》らしてよく見れば、プリーツスカートから伸びた二本の脚は外灯の光を受けて生脚ではあり得ない光沢を放っている。

リクルートスーツから着替えたせいだろう。先生はナチュラルカラーのストッキングを着けていた。セーラー服の下に着けているとなんだか違和感があり、と同時に、その違和感が男の欲情の炎に油を注いだ。いま躰をまさぐりあっている相手が女子高生ではなく、まぎれもなく成熟した女である証《あかし》。

だが、ベンチに座ったままストッキングを脱がすのは面倒な気がした。ややもすると伝線させてしまうかもしれない。

（そうだ……）

正道は立ちあがり、先生の手を引いた。

「な、なに……」

先生は怯《おび》えた声を出しながらも、ついてきてくれる。ベンチの裏にある植込みの奥にまわりこむと、ふたりの頭上に花を降らしていた桜の大樹が根を張っていた。

その木の下で、土から浮きでて凶暴にうねる根っこに足をとられないように注意しつつ、正道は先生を抱きしめた。

先生はもう、すべてを正道に預けていた。

正道は先生の背中を桜の木に押しつけ、興奮に震える手でセーラー服をめくりあげた。

（うわっ……）

瞬間、まぶしげに眼を細めた。

たわわに実ったふたつのふくらみが、どこまでも白かったせいもある。だが、それ以上に衝撃的だったのは、ふくらみの先端でぽっちりと突起した乳首が、桜の花びらのような清らかなピンク色だったことだ。

夢中で揉みしだき、乳首を吸った。桜の花びらのように清らかな色合いなのに先生の乳首は吸えば吸うほど硬くなり、性感の高さを伝えてくる。

「んんっ……くぅうっ……」

先生がくぐもった声をもらす。その声に煽られるようにして、正道の欲情はぐんぐんと熱くたぎっていく。

先生の躰を反転させ、今度は両手を木につかせた。

セーラー服の腰をつかみ、ヒップを突きださせるようにして、プリーツスカートをめくりあげていく。

(す、すげえっ……)

垂涎《すいぜん》の光景が姿を現わした。

丸々と豊満なヒップの双丘を包んでいるのは、ナチュラルカラーのパンティストッキングと、両脇がレースで飾られた白いパンティ。勝ち気なお嬢様である先生には、白いパンティがことのほかよく似合っていた。

「んんんっ……んああぁっ……」

ヒップの丸みを手のひらで吸いとるように撫でまわしてやると、先生は悩ましいあえぎ声をもらして身をよじらせた。

そのたまらない反応に、正道の興奮はどこまでも高まっていく。

ヒップの谷間に右手の中指をあてがい、ゆっくりと滑《すべ》り落としていった。指がアナルの上を通過し、女のいちばん敏感な部分に到達すると、二枚の下着越しにもかかわらず、淫らな熱気を感じた。

もうすでに、濡れているのかもしれない。

くにっ、くにっ、と指を動かすほどに、その予感は確信に変わった。ざらざらしたナイロンに包まれた柔らかい肉が、湿っぽい熱気を放って挑発してくる。

「ああっ、いやっ！」

正道がパンストとパンティを一気にめくりさげると、先生は小さく悲鳴をあげた。かまっていられなかった。正道はすかさずその場にしゃがみこみ、むき卵のようにつるつるしたヒップの双丘を割りひろげていく。

（……ちっ）

外灯の光が肝心な部分まで届かず、よく見えなかった。けれども、割りひろげた瞬間、発酵《はっこう》しすぎたチーズのような匂いがむわりと鼻を刺し、正道は身震いした。

獣《けもの》の匂いだった。

獣の牝が発情している匂いだった。

「……むぐっ！」

正道は割りひろげたヒップの中心に、鼻面を押しこんだ。舌を伸ばし、下から上に舐めあげていく。剝《む》き身になった先生の女の部分は、やはりじっとりと濡れていた。くにゃくにゃした花びらを舌先でめくりあげ、その奥まで舌を伸ばしていくと、熱くたぎった貝肉質の粘膜がひくひくと痙攣《けいれん》して歓喜を伝えてきた。

薄闇が舌の触覚《しょっかく》を敏感にし、嗅覚《きゅうかく》を敏感にする。

夢中で舐めた。

花びらをしゃぶり、粘膜を刺激し、あふれる花蜜を音をたてて啜りあげた。

「んんっ……んんんっ……あぁあああっ……」

先生はもはや声をこらえることができなくなり、豊満なヒップを右に左に振りたてて、クンニリングスの刺激に身をよじるばかりだ。パンストとパンティのからんだ膝を震わせ、黒いパンプスを履《は》いた足でしきりに足踏みしている。

と、土から浮きあがった木の根っこに足をとられ、よろめいた。

正道はヒップの双丘をつかんで離さず、よろめく女体を追いかける。

立ち位置が少しずれたことで、桃割れの間に外灯の光が差しこんだ。アナルから会陰部、ぱっくりと口をひろげた女の花まで、外灯に照らされてぬらりと光る。

（さ、桜だ……）

正道は眼を見張り、息を呑んだ。

（こんなところにも、桜が……）

桃割れの間にひっそりと咲いた先生の花は、どこまでも儚げな、淡い淡い桜色をしていた。その色艶の美しさに、しばし見とれてしまった。しかし、美しい色艶をしていても、そこは女の発情器官だ。淡い桜色の粘膜が幾重にも層をなす隙間から、淫らがましい粘液がこんこんとあふれだし、獣じみた発酵臭をあたりに漂わせている。

もう我慢できなかった。

正道は立ちあがり、ズボンとブリーフを膝までさげた。突きだされたヒップに腰を寄せ、ぬれぬれに濡れまみれた花園に、勃起しきった分身をあてがった。

「せ、先生……」

声を絞り、セーラー服の腰をつかむ。

ゆっくりと、先生のなかに挿《さ》っていく。

熱く爛《ただ》れた肉ひだを、ずぶずぶと穿《うが》っていく。

「んんっ……くぅううっ……」

挿入の衝撃に先生は身をくねらせ、パールカラーのマニキュアが施された爪《つめ》を、黒いこぶの浮かんだ桜の樹皮に食いこませる。

「先生っ……先生っ……」

正道はうわごとのように言いながら小刻みな出し入れを繰りかえし、肉と肉とを馴染ませていった。先生の恥ずかしい肉はきつく引き締まり、まだ最後まで挿《い》れていないのに、たまらない快美感を伝えてくる。

「あぁううううーっ！」

ずんっ、と子宮底を突きあげると、先生は背中を反らせて悲鳴を放った。

正道は両手をセーラー服のなかに突っこみ、後ろから双乳をすくいあげた。

根元まで挿入が完了した衝撃に女体はぶるぶると震え、その震動が繋げた性器を通じて伝わってきた。

「す、すごいっ……すごい締まりです、先生っ……」

「き、岸田くんこそっ……お、奥までっ……奥まで届いてるよっ……」

言葉はもう必要なかった。

正道は腰を使ってみなぎる肉茎を出し入れさせはじめた。

両手を伸ばして柔らかな双乳を揉みしだいた。

律動《りつどう》のピッチがあがると、豊満なヒップがぱんぱんぱんっと乾いた音をたて、

「あぁあっ……はぁあぁあっ……はぁああぁあーっ！」

先生の声は一足飛びに甲高《かんだか》くなっていった。

びゅうと風が吹き、頭上の枝を揺さぶる。

粉雪のような花びらがはらはらと舞い降り、獣のように盛るふたりに降りかかる。

野外で繋がっているのに、まるでそんな気がしなかった。野外は野外でも、この世ならざる、魑魅魍魎《ちみもうりょう》の跋扈《ばっこ》する異界に紛れこみ、そこで情を交しているようだ。

「ああっ、いいっ！　岸田くん、いいっ！」

「先生っ！　先生っ！」

夢中で盛った。なにかから逃れるように、激しく腰を振りあい、やがてお互いに絶頂を極めるまで、性器と性器をしたたかに擦りつけあった。

5

彩子先生とまた会いたい、という気持ちがないわけではなかった。

しかし、追いまわしの仕事は想像を絶する忙しさで、毎晩家に帰ると泥のように眠る日々が続いた。

ひと月後、先生から手紙が届いた。

元気ですか？　と始まる手紙は、近況が簡単に記されていた。

――お茶くみＯＬもけっこう大変だけど、なんとかやってます。会社の先輩に誘われてヨガを始めたり、英会話スクールに通ったり。彼氏もできそうだし……。そんな毎日だと、あの日に桜の下で感じた恐さなんて、なんだかもう夢みたい。

（彼氏ができそうなんて……わざわざ言うことないのに……）

この前のことはあくまで気まぐれにすぎないのよ、と念を押されたような気がして、正道は少し淋しかった。しかし、そんなところも彩子先生らしいと言えばらしい。

手紙には、写真が一葉、同封されていた。

オフィスで撮られた写真だ。彩子先生は当時流行っていた桜色のベストとスカートの制服を着て、笑顔でピースサインを出していた。まわりには、同様の制服を着たＯＬや、おどけた男性社員、仏頂面《ぶっちょうづら》の上司らしき中年男性。

楽しそうだった。

仮初《かりそ》めかもしれないが、孤独を感じる暇《ひま》もないくらい充実した生活を送っていることが、はじけるような笑顔から伝わってくる。多少のセクハラがあったとしても、教員になって苦労するよりも、彩子先生にはそんな職場のほうがあっているような気がする。

「こら、ボウズ」

裏口から、おやっさんが顔を出した。正道は裏庭のビールケースに腰をおろし、彩子先生からの手紙を読んでいた。あわてて立ちあがった。

「まったく、眼を離すとすぐにサボりやがって。手が空いたなら、厨房の床掃除。それが終わったら、白衣の洗濯《せんたく》。やることは山ほどあるんだぞ」

「す、すいません」

正道は先生からの手紙を尻のポケットにしまい、厨房に走った。正道もまた、しばらくは孤独を感じる暇もないくらい、忙しい日々が続きそうだった。

比翼《ひよく》の鳥

鷹澤フブキ

著者・鷹澤《たかざわ》フブキ

OL、秘書などを経て、九九年『禁虐オフィス』で作家デビュー。秘書検定二級となぜか調理師免許を持ち、黒猫と刺青、そしてSMをこよなく愛する女流作家で、自身の背中にも『羽衣天女』が彫られている。著書は『社長秘書　誘う指先』『巨乳クィーン　教えてあげる』など。

「うわぁ、いい眺《なが》め。貸しきり状態よ」

胸元から下腹部の茂みを隠すように、浴用タオルをダラリとぶら下げた佐々木琴美《ささきことみ》は、かがり火に照らし出された露天風呂に歓声を上げた。

琴美は二十三歳。浅草《あさくさ》で和風雑貨を扱う店の一人娘だ。

「平日だもの。泊まり客は少ないに決まっているじゃない」

「そうよ、それを狙《ねら》ってきたんですもの。お客さまがたくさんいたら、私たちは入りづらいでしょう」

琴美に続くように、三人の女が脱衣所から露天風呂へと続く階段を下りてくる。一行は浅草の小料理屋「艶子《つやこ》」の女将《おかみ》と常連客だ。

ここは群馬県の山間にある一軒宿。この宿は江戸時代の旅籠《はたご》を模《も》して造られていた。

「本当によい眺めね」

軽くお湯を浴びると、鳳《おおとり》神流《かんな》は露天風呂の中に体を沈めた。神流は二十五歳。浅草を拠点に全国のストリップ劇場を回っている踊り子だ。その肢体《したい》には、羽根を大きく羽ばたかせた鳳凰《ほうおう》の刺青《いれずみ》が描かれていた。

「ええ、いいお湯ね。ホッとするわ」

露天風呂に浸《つ》かった上川艶子《かみかわ》は、オレンジ色の炎に照らし出された山々を望むように身体を乗り出した。艶子は三十五歳。元々は銀座のクラブのナンバーワンホステスだった女だ。現在は浅草で小料理屋を営《いとな》んでいる。

彼女の背中には、龍に騎乗した弁財天《べんざいてん》の刺青が彫《ほ》られていた。水分を含んだ背中の刺青が、いっそう鮮《あざ》やかさを増している。

「滝が眺められる露天風呂に、刺青を背負《しょ》った妙齢の美女たちか。たまらないわね」

艶子たちの姿を眺めていた鳩倉早紀《はとくらさき》は、目を細めると感心したように呟《つぶや》いた。早紀は艶子の幼馴染《おさななじみ》だ。艶子の店から程近い場所で、親から引き継いだラブホテルを経営している。

「ほんとう……、艶子さんや神流さんの刺青ってステキ。それに比《くら》べたら……」

艶子たちの刺青を見つめていた琴美は、独《ひと》り言《ごと》のように呟くと、寂《さび》しそうに視線を逸《そ》らせた。琴美の背中にも彫りかけの刺青があった。刺青といっても、それは青みがかった線で描かれた中途半端なものだ。

色が入っていないだけではなく、筋彫《すじぼ》りと呼ばれる描線さえも完成していない。それは片方しか羽根の生えていない、正確にいえば右半身しかない鳥の姿だった。左上方を向いて片翼《かたよく》をはためかせる未完成な鳥の姿は、ひどく哀れに見えた。

「もうっ、早紀ったら。琴美ちゃんも気にしないで。ねえ、そろそろそれを完成させたらどうかしら」

親友の失言をフォローするように、艶子は琴美に語りかける。迂闊《うかつ》な言葉を洩らしてしまった早紀は、慌《あわ》てて口をつぐんだ。

「でも、これはアイツと対《つい》になるように彫ったものだから。アイツと別れちゃった以上、完成なんてさせられないわ。比翼の鳥もつがいの相手がいないんじゃ、片羽根のままじゃ……永久に飛べないよね」

琴美がため息をつく。琴美の刺青は、彼女が初めて付き合った男と一対になるように彫られたものだった。それは比翼の鳥と呼ばれる伝説上の鳥だ。雌雄《しゆう》各一目《もく》、一翼で常に一体となって飛ぶものをいい、男女の深い契《ちぎ》りのたとえでもある。

「雌雄二羽が寄り添《そ》って飛ぶ比翼の鳥みたいに、一生そばにいられたらいいよな。二人でひとつって格好いいじゃないか。そんな刺青を彫ってみたいよな」

まだ二十歳だった琴美は、相手が何気《なにげ》なく口にした言葉を真に受けてしまった。一途《いちず》に相手を思う琴美は、自分の思いがどれほど真剣かを伝えるために、それを自分の身体に彫ったのだ。

しかし、相手が琴美の思いに応《こた》えることはなかった。むしろ、琴美の思いが重荷になった相手は逃げるように彼女の前から姿を消してしまった。苦すぎる恋が残したのは、消すことのできない半身《はんみ》の鳥の刺青だけだった。

「それだったら、いっそのことまったく別の柄になるようにカヴァーしてもらえば。艶子さんの店にくる、彫棚《ほりなぎ》さんって彫り師さんを知ってるでしょう。あの人はカヴァーも上手なはずよ」

自身の身体の刺青を、彫棚の手に託した神流が口を挟む。

「そうよ、カヴァーしてもらえばいいじゃない。以前に元カレの名前をカヴァーしてもらったお客さまがいたけれど、元の作品がぜんぜんわからなくなっていたわよ」

神流の妙案に艶子が賛同する。カヴァーというのは、彫りかけや気に入らない刺青に手を加えて修正したり、まったく別の刺青を描き、元の図柄を隠す技術だ。熟練の彫り師の手にかかれば、元の図柄はほとんどわからなくなるといってもよいくらいだ。

「刺青が別の柄に変わったって、アイツとはもう元には戻らないもの。カヴァーなんてする意味があるのかなぁ」

視線を宙に泳がせたまま、琴美は拗《す》ねたような言葉を口にする。

「いつまでも別れた男のことにこだわっているものじゃないわ。そんなつまらないことにこだわっていると、本当にイイ男とはいつまで経《た》っても巡《めぐ》り会えないわよ」

気まずくなった場の雰囲気を変えるように、早紀が冷静な物言いをする。事業家として辣腕《らつわん》をふるう、彼女らしい言葉だ。

「そうよ、琴美ちゃんには進《すすむ》君がいるじゃない。そばで見ていればよくわかるわよ。進君ったら、琴美ちゃんにぞっこんだもの」

艶子は店の常連客でもある、若宮《わかみや》進の名前を口にした。進は琴美より二つ年上の二十五歳の青年だ。二人は同じ町内で生まれ育った幼馴染同士だ。

下町というのは、昔ながらの近所づきあいが残っている。互いの両親が親しかったこともあり、琴美と進はまるで実の兄妹のように仲睦《なかむつ》まじく成長した。

「艶子さんったら、そんなふうに簡単に言わないでよ。進ちゃんとはそんなんじゃないわ。そりゃあ、キライじゃあないけれど……。男とか女とかじゃなくって、兄妹みたいな感じっていえばいいのかなあ。それに……この背中のことだって……」

そう言うと、琴美は黙り込んでしまった。

「もう、つまらない話はおしまい。さあ、お部屋に戻って飲み直しましょう」

艶子が小料理屋の女将らしい台詞《せりふ》で仕切り直す。

「そうよ、夜はまだ長いんだもの。冷えたビールを飲みたいわ」

「そうそう、つまんない思い出なんて、ビールと一緒に飲み干しちゃいなさいよ」

艶子の言葉に神流たちが相槌《あいづち》を打つ。

女たちはいっせいに湯から上がった。


「女将さん、琴美は俺のことをどんなふうに言っていました?」

艶子たち一行が群馬県への一泊旅行から戻った翌日、艶子の店には進の姿があった。進は両親が経営している料理屋で板前をしている。仕事柄もあり、艶子の店を訪れるのはいつも深夜十二時を回ってからだ。

カウンターに座っているのは、進だけではなかった。ひとつ間を空けた席では男がグラスを傾けていた。男は浅草で刺青スタジオを構えている彫棚。まだ三十三歳だが、腕がよいと評判の刺青師だ。深夜ということもあって、客は彫棚と進だけだった。

カウンターの中で甲斐甲斐《かいがい》しく動き回る艶子は、藤色の着物姿だ。彫棚が煙草《たばこ》に手を伸ばすと、艶子は優雅な所作《しよさ》で火を点《つ》けた。

「そうねえ、難しいわね。琴美ちゃんも進君のことは嫌いじゃないと思うのよ。ただね、なんていえばいいのかしら。素直になれないっていうのかしらね……」

艶子は言いにくい言葉をごまかすように、メンソールの煙草を手に取った。今度は進が艶子の煙草に火を点ける。

「進君も背中の刺青のことは知っているでしょう。だから余計にコンプレックスを感じて、進君の気持ちを素直に受け入れられないんじゃないかしら」

艶子は妹のように思う琴美のことを慮《おもんぱか》り、深いため息をついた。

「そうですね。最近はあまり深く考えずに彫る人もいますね。俺のところにも、カヴァーを希望するお客様がけっこうきますよ」

彫棚にとって最高の悦《よろこ》びは、刺青がそれを彫った人間の誇りになり、支えになることだ。逆に自分の彫った作品ではなくても、刺青によってコンプレックスを感じたり、後悔をしていると聞くのは何より辛《つら》いことである。

「知っています、琴美の背中のことは。でも、そんなことは関係ない。俺は子供の頃からアイツのことだけを思ってきた。アイツの支えになりたい。一緒になりたいんです」

進は手にしていたグラスの酒を一気に呷《あお》ると、思いつめたように低い声で呟いた。

「困りましたね。ここで俺や女将さんを相手に思いを打ち明けられても、どうすることもできませんよ。俺たちに打ち明けるんじゃなく、琴美さんに直接伝えたらどうです」

「伝えましたよ、何度も。でも駄目なんです。アイツは俺じゃあ、アイツの半身にはなれないって言うんです」

進は苦悶《くもん》の表情を浮かべた。

「それで考えたんです。俺の身体に、アイツの刺青と対になる刺青を彫ったらいいんじゃないかって。梛さん、俺の背中に刺青を彫ってもらえませんか」

進の口から飛び出したのは、艶子たちにとって思いもよらない言葉だった。

「対になる刺青を彫れと言われてもね。なにしろ、俺は琴美さんの刺青を見たこともないんですよ。見たこともない刺青と対になるものを彫れと言われても、彫りようがありません。それに進さん自身、彼女の背中を見たことはあるんですか」

「そっ、それは……。俺だって見たことはありません。ただ、背中に片羽根だけの鳥の刺青があると……」

言葉を選びながら冷静に受け答えをする彫梛に、進は言葉を詰まらせた。

「この間温泉に行った時にチラッと見たのだけれど、確かにそんな感じだったわね」

艶子は曖昧な記憶を手繰《たぐ》るように、視線を宙にさ迷わせた。

「それに、刺青を彫ったとして、琴美さんがあなたを受け入れなかったらどうするんです。さらに片羽根の鳥を、もう一羽増やすんですか。俺にはそんなことはできませんよ」

「そうなったとしても後悔はしません。こんな中途半端なままでアイツを思い続けるなんて、もうイヤなんです」

　進は彫棚の方に向き直ると、必死の形相《ぎょうそう》で食い下がった。

「そう言われてもねえ。対になる刺青を彫るとなると、琴美さんの身体を見ざるをえませんよ。いくら俺が刺青師だからといって、自分の背中を簡単に拝《おが》ませてくれる女性はいませんよ。それに進さんが対になる刺青を彫りたいと言っていると知ったら、ますます背中を拝ませてはくれなくなるんじゃないですかね」

「だっ、だったら、俺のことは伏せて」

「進さんのことは秘密にしておくにしても、背中を拝むとなるとね。後から野暮《やぼ》なことを言われても困りますよ。その覚悟はありますか」

「あっ、あります。アイツに気持ちを伝えることができるなら、後悔なんてしません。それに俺だって男です。後からつまらないことを言うような野暮な真似はしません」

「その言葉、確かに聞きましたよ。進さんの思いが届くことを、俺も願っていますよ」

　難儀であることが予想される仕事に、彫棚は少し困ったような笑顔を浮かべた。口元を強張《こわば》らせている進に、黄金《こがね》色の液体が注ぎ込まれたグラスを差し出す。進はカウンターに置いていたグラスを手に取ると、彫棚の差し出したグラスに縁《ふち》を重ね合わせた。

彫棚が小料理屋「艶子」の暖簾《のれん》をくぐると、店の中から若い女の弾《はず》んだ声が聞こえてきた。声のする方に視線を向けると、カウンターに座っていた琴美が笑いながら手招きをしていた。

「あら、棚さん、久しぶりね」

琴美はざっくりとしたアイボリーのセーターに、やや濃い目のベージュのスカートというでたちだ。肩よりも長い髪の毛は、緩《ゆる》やかなカールを描いている。若い娘にしては控えめなファッションからは、その背に刺青が入っているとは想像しがたい。

おしぼりを差し出した艶子は彫棚と視線が合うと、少し意味ありげな笑みを浮かべた。

「珍しいですね。今夜はお一人なんですか」

「そうなのよ、進ちゃんは忙しいみたいで断わられちゃったの」

「へぇ、進さんが琴美さんの誘いを断わるなんて、珍しいこともあるもんですね」

「そうでしょう。まさか、デートとかね。まあ、進ちゃんに限ってそんなことはありえっこないわよね」

琴美は茶目っ気たっぷりの表情を浮かべると、肩をすくめてみせた。キレイな弧《こ》を描くクリッとした瞳は、好奇心に満ち溢《あふ》れている。そんな瞳で見つめられると、年甲斐《としがい》もなくドキリとしてしまう。彫棚は軽く会釈《えしやく》をすると、琴美の一つ隣の席に腰を下ろした。

人懐っこい笑顔を見ていると、仕事の疲れも吹き飛ぶような気がする。進が惚《ほ》れ込んでいるというのも頷《うなず》ける愛らしさだ。二十三歳の年齢に相応《ふさわ》しく、キメの細かい肌は瑞々《みずみず》しい張りをみせていた。

実は三十分ほど前に、艶子から彫棚の携帯電話宛《あて》に「琴美が店に来ている」というメールが入ったのだ。進が琴美の誘いを断わったのも、艶子の入れ知恵だ。すべては琴美と対になる刺青を入れたいという、進の願いをかなえるための策略だった。

「進ちゃんも来ればよかったのに。いつもね、言っているんだ。棚さんって渋くて格好いいよねって」

「へえ、それは光栄ですね」

琴美の言葉に彫棚は頬を緩めた。お世辞《せじ》だとはわかっていても、自分よりも十歳も年下の女から面と向かって褒《ほ》められて、嫌な気がするはずはない。

「お礼というわけではありませんが、いっぱいどうですか?」

彫棚はそう言うと、琴美の手元のグラスにビールを注いだ。手を伸ばした拍子《ひょうし》に、長袖のシャツの袖口から極彩色の刺青がチラリとのぞく。

彫棚は刺青で彩《いろど》られた手首に、琴美の視線が突き刺さるのを覚えた。遠慮がちに覗《のぞ》き見る視線ではない。それは好奇心に駆《か》られている、まっすぐな視線だった。

壁にかけられた時計の針は、午後十一時を指していた。小上がり席に三人連れの客がいるが、カウンターに座っているのは琴美と彫梛だけだ。

「これが気になりますか？」

彫梛は苦笑いを浮かべると、袖口を少しだけずらしてみせた。食い入るように刺青を見つめていた琴美が、彫梛の方に身を乗り出してくる。

「ねえ、それって……、梛さんの刺青って、どんな柄が入っているの？」

小上がり席のお客を気遣《きづか》っているのだろう。琴美は声を潜《ひそ》めて問いかけた。

「ああ、これは龍ですよ。俺の師匠が彫ってくれたもので、全身に九匹の龍がいるんですよ」

「えーっ、龍なんだ。それも九匹もなんて。やっぱり刺青師さんってすごいな」

琴美は驚いたように目を丸くした。考えてみれば、この店でたびたび顔を合わせているが、こんな話をしたのは初めてのことだった。

「女将さんの背中の刺青を彫ったのも、梛さんなんでしょう。この間の旅行の時に初めて見せてもらったけれど、すっごくキレイだったな。女の私が見ても、惚れ惚れしちゃうくらい……」

艶子の背中の刺青を思い返したように、琴美はうっとりとした表情を浮かべた。

「本当にキレイだったな。私の刺青とは大違い……。男の人だって、刺青があるならキレイな刺青の方がいいでしょう?」

「キレイというのは、個人の好みもありますよね。ただ、本当に好きで彫ったものならば、俺はどんな刺青でも美しいと思いますよ」

「本当に? 本当にそんなふうに思うの?」

「俺は刺青師ですからね。一般の方よりははるかに刺青を目にしていますよ。皆、それぞれの思いを込めて彫っているんです。それにキレイも汚いもありませんよ」

「そんなふうに思えるんだ。それって、そんなふうに言えるのって、やっぱり梛さんが刺青師さんだからかな。進ちゃんじゃあ、そんな台詞は出てきっこないもの」

「なにを言っているんですか。進さんは刺青云々《うんぬん》で、どうこういうような人じゃないですよ」

「そうよ、進ちゃんはいい男じゃない。あんなふうに一途《いちず》に惚れられてみたいものだわ」

進との恋仲を進展させようとしているにもかかわらず、話はよからぬ方に進もうとしている。彫梛と艶子は、策略を知る由《よし》もない琴美の言葉を慌《あわ》てて打ち消そうとした。

「そんなことを言ったって、まっさらの進ちゃんには、この背中の刺青は見せたくないもの。もちろん、進ちゃんのことは好きだよ。真剣に好きだって言ってくれているのもわかってる。でも好きだからこそ、余計に見せたくないっていう気持ちもあるのよ。進ちゃんのことはいいじゃない。ねえ、梛さんって独身なんでしょう。彼女とかいないの？」

琴美は進への思いと、自身のコンプレックスが葛藤《かっとう》する胸中を口にした。アルコールが琴美を大胆にさせているようだ。琴美は小首《こくび》を傾《かし》げると、彫梛の表情を上目遣《うわめづか》いでうかがい見た。

「そんなに刺青に興味があるなら、俺のスタジオで飲み直しましょうか。刺青に関する写真集や書籍もたくさんありますよ」

「えっ、ホントにいいの？　見てみたいな。梛さんの仕事場も見てみたいし」

「いいですよ。ここからなら歩いて二分もかかりませんから。じゃあ、行きましょうか」

話はとんとん拍子に運んだ。会計を済ませると、琴美と連れ立って店を出る。二人の後姿を見送ると、艶子は進の携帯電話宛にメールを送った。

「わぁ、ここが梛さんの仕事場なんだ」

彫梛のスタジオに足を踏み入れると、琴美は室内を興味深そうに見回した。スタジオは十二畳ほどのワンルームだ。

スタジオの奥には、六畳ほどの後付けの畳セットが置かれ、和風の空間になっていた。

ここでは刺青を施《ほどこ》す作業は畳の上で行なわれる。

琴美は壁際に置かれた本棚に近づくと、興味深そうに書籍の背表紙を眺めていた。

「ビールでいいですか？」

彫棚は冷蔵庫からビールを取り出すと、グラスに注ぎ入れた。シャツの胸ポケットから、小さな白い錠剤を取り出す。それをグラスに投入すると、マドラーで軽くかき混ぜた。

錠剤はあっという間にビールに溶け込んだ。白い錠剤は艶子から渡されていた睡眠導入剤だ。

「日頃、睡眠薬を飲んでいない子なら、五分から十五分でダウンでしょうね。お酒と一緒に飲ませれば、前後の記憶はキレイに飛んでいるはずよ」

彫棚の脳裏《のうり》を艶子の言葉がよぎる。艶子は仕事が不規則なこともあり、睡眠導入剤を服用していた。

琴美は三人がけのソファに腰を下ろし、写真集を熱心に眺めていた。彫棚がビールを差し出す。琴美は少しも疑うことなく、それを美味《おい》しそうに飲んだ。

彫棚も琴美の右側に腰を下ろす。二人の距離は三十センチほどだ。

「本当にキレイ。羨《うらや》ましくなるくらい……」

琴美の口から感嘆の声が洩《も》れる。彼女はホゥーッとため息をつくと、写真集をテーブルの上に載《の》せた。膝丈《ひざたけ》のスカートはソファに座ったために、膝より十五センチほどずり上がっている。艶のあるストッキングに包まれた太腿はすらりとしながらも、女らしいまろやかさを感じさせた。

琴美はやや乱れたスカートの裾を、両手で直そうとした。しかし、考え直したようにおもむろに右足を左足の上に重ねた。

足を組んだことにより、スカートの裾がさらにずり上がる。琴美はソファに右手をつくと、彫棚の方に身体を傾けた。二人の肩がかすかに触れ合う。

彼女はソファの上で尻をモゾモゾと動かすと、彫棚の方へにじり寄った。二人の身体が密着する。

「結構、お酒が強いんですね」

しなだれかかる琴美に動揺することなく、彫棚は彼女のグラスにビールを注ぎ入れる。

二人の間にはほとんど会話はない。彼女はきっかけの言葉を探すように、目の前のグラスに注がれた液体を喉《のど》に流し込んだ。覚悟を決めたように、大きく息を吐き洩らす。

「棚さんって好きな人はいないの？」

琴美は彫棚の太腿に遠慮がちに右手を載せると、ややかすれた声で問いかけた。

「どうしてそんなことを聞くんですか」

「だって、気になるから。ねえ、私のことどう思う？」

「いきなりどうって言われても、返答に困りますね」

「わっ、私は……棚さんのことを格好いいなって……ステキだなって……ずっと思っていたから……」

睡眠導入剤の効果が表われ始めたのだろう。琴美の身体はややふらついている。身体を支えられなくなった彼女は、彫棚の身体に体重を預けるようにもたれかかった。いつもならばクリクリとよく動く瞳も、焦点が定まっていない。

「だからね、好きだっていってるのぉ」

琴美は癇癪《かんしゃく》を起こしたように、甲高《かんだか》い声を上げた。睡眠導入剤の効果で、ろれつが回っていない。それでも甘えるように肢体《したい》をすり寄せてくる。琴美の身体からはリンゴとイチゴが交ざったような甘い香りが漂っていた。

「ねっ、好きなの。だから……」

言葉がうまく出てこないのだろう。琴美は言葉の代わりに、思いを伝える手段を模索しているようだ。右手で彫棚の太腿をユルユルと撫で回す。左手は彫棚の着ているシャツの胸元のボタンへと伸びた。

身体をひねった不自然な格好のために、ざっくりとしたセーターの胸元から双乳の谷間がのぞいている。

「ずいぶんと大胆なんですね」

「だってえ……こうでもしないと……わかって……もらえないでしょう」

アルコールと睡眠導入剤によって、琴美の指先はおぼつかない。それでも胸元のボタンが一つずつ外され、極彩色の刺青で飾られた胸元が現われる。

「わぁ、ホント……にすごい」

目の前に現われた龍の姿に、琴美は大きく息を飲み込んだ。無数の鱗《うろこ》に包まれた龍が絡《から》み合うように描かれている。ほっそりとした指先が、男の乳首へと伸びた。

乳輪に埋もれた小さな乳首を掘り起こすように、指先を小刻《こきざ》みに動かしいたずらをする。

「あはっ、おっぱいが固くなって……きた」

琴美は嬉《うれ》しそうな声を洩らすと、男の胸元へと口元を近づけた。珊瑚《さんご》色の舌が、ツゥンと突き出した乳首へと伸びる。小さな突起をぬめり気のある舌先が、チュプッと舐《な》め上げる。まるで子犬が甘える時のような舐め方だ。

初めはようすをうかがうような繊細《せんさい》な舐め方が、少しずつ遠慮のないものへと変わっていく。ヂュブッという卑猥《ひわい》な音を立てながら乳輪にしゃぶりつくと、乳首を舌先でねぶり回す。

太腿をシュリシュリとさすり上げていた指先が股間へと少しずつ移動する。捜し求めていたモノにたどり着くと、細い指先は驚いたように一瞬固まった。

「すごい……こっちもすごいことになっちゃってる」

琴美の口から上《うわ》ずった声が洩れた。胸元への濃厚な愛撫によって、彫栩の下半身は変化を起こしていた。勃起前が鯉《こい》だとするならば、みごとに滝を昇りきって龍に変身したようなものだ。

彫栩の分身は天を目指す龍のように、その身をグンと反《そ》り返らせていた。琴美はズボンの布地越しに、それを丹念に撫でさする。指先での弄《いら》いに反応するように、それはますます逞《たくま》しさを漲《みなぎ》らせた。

「ねっ、いいでしょう」

琴美はろれつの回らない口調で囁《ささや》く。彫栩の答えを待つことなく、パールピンクのマニキュアを塗った指先が、ベルトのバックルへと伸びる。琴美は淫らな欲望に突き動かされるように、下半身を覆い隠す忌々《いまいま》しい布地を引き剝《は》がしにかかった。

ズボンだけではなく、トランクスも膝の辺りまで下ろす。龍の体軀と雲や波などに見立てた額《がく》彫りが刻まれた下腹部には、男らしさを滾《たぎ》らせたものがそびえ立っていた。

「アンッ、なに……すごいっ」

琴美の唇から驚きを含んだ吐息が洩れる。下腹につきそうなほどの角度で勃起したモノには、体軀をくねらせる一匹の龍が巻きついていた。

「オッ……オチ○チンに龍が……」

琴美の指先が彫棚の分身をしっかりと捕らえる。女の指先に捕らえられたモノは、かすかに抵抗をみせるようにビクビクと上下に蠢《うごめ》いた。琴美はそれを逃すまいと、指先に力を込める。

「ウソみたい……でも……」

勇ましく隆起したものを少しでも間近で見たいと訴えるように、彼女は前のめりになった。熱い呼吸が怒張《どちょう》に吹きかかる。二人の喉元が同時に上下に動き、ゴクンというかすかな音を立てる。

ヌプッ。卑猥な音が聞こえるような錯覚を覚える。熱い血潮を漲らせたモノが、生温かい口中粘膜にスッポリと包み込まれた。琴美はふらつきながらも、舌先を龍に巻きつけしゃぶり上げる。

(まずい、このままじゃ……)

彫棚の指がわななく。考えてみれば、このところ仕事に追われ、精を放出していなかった。このままでは、情《なさ》けないことに暴発してしまいそうだ。

彫棚の手が前かがみになった琴美の胸元に伸びる。襟《えり》ぐりが大きく開いたセーターに手を差し入れると、魅惑的なふくらみを掌中に収めた。少しでも気を紛《まぎ》らわせようという目論見《もくろみ》だ。

弾力に満ち溢れた乳房は、指先に吸い付いてくるみたいだ。彫棚は意識を指先に集中させ、蕩《とろ》けるような柔肌の感触を味わう。ブラジャーに包み込まれていた乳房は、男の手のひらの感触に驚いたように、ほんの少しだけ固くなった。同時に柔らかだった果実が、キュッとしこり立ってくる。

「ふひゃあーん、らめぇ」

琴美の唇から甘ったれた鼻声が洩れる。彼女は大きく肢体をくねらせると、そのまま彫棚の太腿目がけて倒れ込んだ。全身から力が抜けた琴美の口元からは、スーッという寝息が洩れている。

彫棚の口からヤレヤレというようなため息が洩れる。彫棚は彼女を起こさないように、ゆっくりとソファから立ち上がった。備品などをしまっているストッカーから、薄手の紙とペンを取り出す。

ソファにうつ伏せになった琴美のセーターに手をかけると、それをズルリとめくり上げる。彫棚の視界に半身の鳥の姿が飛び込んでくる。彫棚はブラジャーをずらすと、それを丁寧《ていねい》に薄手の紙に写し取った。

作業を終えると、進にメールを送る。よほど心配だったのだろう。進は息を乱しながら、彫棚のスタジオに現われた。メールを送ってから三分も経っていない。

あの夜は野暮なことは言わないと言いきった進だったが、内心は穏《おだ》やかではなかったのだろう。その狼狽《ろうばい》ぶりが伝わってくるようだ。

「ご心配なく。恨《うら》まれるようなことはしていないつもりですよ」

荒い呼吸を吐く進に、彫棚は刺青を写し取った薄紙をかざしてみせた。険《けわ》しかった進の表情が和《やわ》らぐ。

「それよりも、人目もありますから早めに連れて帰ってください。ベロベロに酔っていたから面倒を頼まれたと言えば、問題はないはずですよ」

進は力強く頷くと、寝入っている琴美を抱きかかえた。琴美は意識が朦朧《もうろう》としているらしい。それでも何とか起き上がると、進の肩を借りて立ち上がった。

「大丈夫ですか。ちょっと飲みすぎたみたいですね。進さんが迎えに来てくれましたよ」

彫棚の言葉に進は黙って頭《こうべ》を垂れた。よろめく琴美の身体をがっちりと抱き寄せている。二人がエレベーターに乗り込むのを確認すると、彫棚はソファに身体を投げ出した。

進が暖簾をくぐると、小上がり席を片付けていた艶子が満面の笑みで出迎えた。

「あら、いらっしゃい」

「お待ちしていました」

艶子の言葉は意味ありげだ。店内にいる客は、カウンター席に座る琴美と彫棚だけだ。

琴美の背中の刺青をトレースした夜から、一カ月あまりが過ぎていた。やややつれてみえる進の顔には、ただならぬ緊張感が漲っていた。

「琴美、話があるんだ」

顔を強張《こわば》らせる進のようすに、琴美もただならぬ気配を感じたようだ。店の中に進の緊張感が感染する。

「琴美、結婚してくれ」

「なによ、こんなところでいきなり。それに、以前にも結婚なんてしないって断わったでしょう」

進の唐突な言葉に面食らったように、琴美は大きな瞳をいっそう大きく見開くと、拒絶の言葉を口にした。

「いいから、これを見てくれ」

そう言うと、進は着ていたTシャツを脱ぎ捨て、琴美に背中を向けた。そこには仕上がったばかりの色鮮やかな刺青があった。

それは左上方を目指し、左右の翼を大きく広げた朱雀《すざく》の姿だった。朱雀は青龍、白虎《びゃっこ》、玄武《げんぶ》などと同じ四神の一つだ。天上南方を守る守護神で、鳳凰などの鳥の形で表わされる。

「お前の刺青と対になるように、彫ってもらったんだ」

「なによ、それって普通の鳥じゃない。そんなの比翼の鳥じゃないわ」

確かに琴美の言うとおりだ。進の背中に彫られた朱雀には、左右の翼が生えている。琴美の背中のような半身の鳥ではなかった。

「それならば、確かめてみればいいでしょう。ここにいるのは、椰さんと私だけだもの。背中を合わせてみればいいわ」

声を荒らげる琴美を、艶子がとりなそうとする。いつも朗《ほが》らかな艶子には似つかわしくない、少し強い口調だ。艶子を姉のように慕《した》っている琴美には、それを拒《こば》むことはためらわれた。

「わかったわよ、艶子さんまで」

琴美は目頭に怒りを滲《にじ》ませると、着ていたブラウスを脱ぎ捨てた。ブラジャーだけを着けた背中には半身の鳥の姿があった。

「小上がりの隅にある鏡に映してみれば、いいでしょう」

促《うなが》されるままに、琴美と進は小上がり席に上がった。鏡に向かうと背中を向ける。琴美の右の脇腹と進の左の脇腹が密着する体勢だ。

「もっと背中を寄り添わせるようにして」

カウンターにいた彫梛が指示を出す。二人はその言葉に従い、背中を重ね合わせていく。背骨がもう少しで重なるという辺りで、琴美の唇から短い驚きの声が上がった。

「これって……」

鏡に映った二人の背中の刺青が重なり、一羽の鳥のシルエットが浮かび上がる。琴美の背中の刺青は未完成のために完全ではないが、確かにそれはキレイに重なり合っているのがわかる。

「苦労しましたよ。人間の身体は紙のように平面ではありませんからね。ましてや男性と女性では身体のサイズも違いますから。人間の目というのは不思議なもので、多少不自然なものでも自然に見えるように補完するものなんですよ」

彫梛はみごとに重なり合った刺青を前に相好《そうごう》を崩した。

「でも、どうして……？　これは比翼の鳥じゃないわ」

「比翼連理《れんり》もよいですが、離れて生きていけないのでは困るでしょう。だから一人で一羽。二人でも一羽に見えるように彫ったんです」

彫棚の言葉に、琴美はハッとしたように息を飲んだ。

「お前が受け入れてくれるなら」

進は琴美の肩に手をかけると、正面を向き合うようにくるりと反転させた。熱い眼差《まなざ》しが琴美を射抜く。琴美は改めて進の真剣な思いを噛みしめていた。琴美は黙って頷くと、進の背中をぎゅっと抱きしめた。


二カ月後、彫棚のスタジオには最後の施術を受ける琴美の姿があった。彩色をするための「ノミ」と呼ばれる針を束ねた道具が、琴美の背中を抉《えぐ》るように突き上げる。傍《かたわ》らでは進が痛みをこらえる琴美を、心配そうに見守っていた。

「これで完成ですよ。よく辛抱《しんぼう》しましたね」

彫棚はそう言うと、輪郭だけだった朱雀の瞳にタトゥーマシンで黒目を描いた。刺青に命の宿る瞬間だ。そのまま右の肩甲骨の辺りに、流麗な文字で「彫棚」と彫り込む。これは看板と呼ばれるもので、誰が彫ったかという証《あかし》だ。

すべての作業を終えると、彫棚は身体に滲んだ刺青用のインクを消毒用の液体で拭き取った。完成したばかりの刺青からは、うっすらと血が滲んでいる。皮膚のようすは痛々しいが、色の鮮やかさは神々《こうごう》しささえ感じさせる。

「本当にありがとうございました」

二人は深々と頭を下げると、彫棚のスタジオを後にした。


彫棚のスタジオを後にした二人が向かったのは、一人暮らしをしている進の部屋だった。進は痛みに顔を歪《ゆが》めている琴美のために、バスタブにぬるめの湯を張った。湯がたまる頃合いを計《はか》ると、進は身に着けていたシャツをバサッと脱ぎ捨てた。その背には琴美と対を成す朱雀が描かれていた。進に追随《ついずい》するように、琴美もチュニックブラウスに手をかける。

脱衣所に置かれた姿見に向かって、二人は背を向けた。鏡の前で背中を寄り添わせる。その背には比翼の鳥が羽ばたいていた。

シャワーを浴びると、皮膚の表面に残っていたインクが流れ落ち、いっそう鮮やかに刺青が浮かび上がる。進はその背中をいとおしむようにキスをした。

「見ればみるほどキレイなもんだな」

進が感慨深げに呟く。自身の背中に同じ朱雀を背負っていても、鏡越しでなければ見ることができないからだ。

ほんの一時間ほど前まで針によって苛《さいな》まれていた琴美の背中は、ところどころ熱を持ち腫《は》れ上がっている。施術後の生々しさが残る皮膚を舌先でゆっくりと舐め上げる。琴美は切なげに身体をよじった。

琴美が背筋をしならせると、妖しい美しさを見せつける朱雀がゆらりと蠢く。まるで命が宿っているかのようだ。

バスルームの壁際に追いやられた琴美は、身体を支えるように両手を壁についた。女らしいなめらかなラインを描く肢体がくねるたびに、Dカップの形のよい乳房がフルフルと揺れ動く。進は蠱惑《こわく》的なふくらみを背後から支え持った。確かな量感が手のひらに伝わってくる。

「大丈夫か。背中……身体辛くないか」

「ううん、痛いけれど……。進ちゃんとお揃《そろ》いになれたのが嬉しいから」

お椀を伏せたような形のよい乳房は、進の指先をマシュマロのような弾力で押し返す。進は左右の人差し指で、双乳の頂点に息づく愛らしい果実をクリックした。淡い桜色の乳輪の中に溶け込んでいた果実が、驚いたように、ニュキッと尖《とが》り立ってくる。

「あっ、んっ、そこ……弱いぃ……」

悩ましい喘《あえ》ぎが、狭いバスルームに響き渡る。聞いているだけで、陰嚢の付け根の辺りが痺《しび》れるような官能的な声だ。

進は直径一センチくらいの果実を指の腹を使い、ねちっこくこねくり回した。腕だけでは身体を支えきれなくなった琴美は、壁に首筋をぐっと押し当てながら、狂おしげな声を洩らす。二人の身体にシャワーが降りかかる。

「はあっ……す……すすむちゃん……」

琴美の手が何かを探すように、進の下半身へと伸びた。指先が骨ばった肉の槍を捕らえる。それは人間の身体に付いているものとは思えないほどの硬さを漲らせていた。琴美は男らしさを確かめるように、何度も何度も指先を食い込ませる。

進の指先が琴美の太腿の付け根の奥に潜む女の部分を、ゆっくりとなぞり上げた。

「あっ、やぁ……そ……そこ……感じる」

「すごいな。ベチャベチャになってるぞ」

女淫はおびただしい蜜液を滴《したた》り落としていた。幾重《いくえ》にも重なった繊細な肉びらが指先に絡みついてくる。

「やぁん、そんなこと……言わないで」

進は床の上に膝をついた。むっちりと張り出した桃尻が進の目の前に迫る。進は艶やかな朱雀の尾羽が描かれた尻を両手で摑むと、左右に大きく割り開いた。

トロミのある女蜜を溢れさせる肉びらが、ポッテリと厚ぼったくなっているのがわかる。肉びらの重なり合う場所にちょこんと鎮座する小さな突起も、開花する直前の蕾《つぼみ》のようにふくらんでいた。

「アアン、イヤッ……焦《じ》らさないで……」

琴美は愛らしい美貌を歪《ゆが》めると、淫らなおねだりを口にした。性的な昂《たか》ぶりに紅潮した背中に描かれた朱雀が、いっそう色鮮やかに浮かび上がる。まるで今にも背中から飛び出してきそうなほどだ。

進は琴美の尻をがっちりと抱きかかえると、一気に背後から突き入れた。甘みを帯びた嬌声《きょうせい》が琴美の口から迸《ほとばし》る。

厄介《やっかい》だがやり甲斐のある仕事を終えた彫棚は、艶子の店で日本酒を美味しそうに喉に流し込んだ。深夜十二時を回ったこともあって、他に客の姿はない。艶子は店先の看板をしまうと、彫棚の隣に腰を下ろした。

「終わったことだから言うけれど、仕事だとは思ってもちょっと妬《や》けちゃったわ。琴美ちゃんとは本当に何もなかったんでしょうね」

「元銀座のナンバーワンから、そんなふうに妬いてもらえるとは嬉しいですね」

「そんな昔の看板なんて、あなたの前では何の意味もないでしょう」

拗ねたように尖らせた艶子の唇に、彫棚の唇が重なる。艶子は陶然とした表情で舌先を巻きつける。

「今夜はそう簡単には、許してはあげないから」

「おやおや、恐ろしいですね」

にんまりと笑う彫棚の唇に、今度は艶子の方から唇を押し当てた。

烏瓜《からすうり》

皆月亨介

著者・皆月亨介《みなづきこうすけ》

東京生まれ。一九九八年『母と娘　禁悦の誘惑』でデビュー。「鍵穴から覗いているような」雰囲気を信条に、中高年や老境の男性、あるいは女性側から描いた作品、大正、昭和初期を舞台にしたものを目指している。最新作は『母の秘密』。

「雪の中を来てくださって、ほんとうにありがとうございます」

久しぶりに会う花苗《かなえ》の、動作や声は堅かった。彼女との間に広がってしまった距離を思い知らされる。健一《けんいち》は寂しくなった。

「前みたいに、とは言わないが、せめてたまには顔を見せに来て――」

「おじさま、でも、それは」

石丸《いしまる》花苗は、健一の茶碗に二杯めの緑茶を注《そそ》ぎながら、彼の言葉を遮《さえぎ》った。初めて聞くような口調の強さに、彼女が堪《こら》えている辛《つら》さを垣間《かいま》見たようで、健一は胸を突かれた。

「悪かった。変なことを言ってしまったね。だけど……」

どうにかしてやりたい。何もしてやれないのは辛い。激しい衝動が突き上げてきて、健一は炬燵蒲団《こたつぶとん》の中で両手をきつく握りしめる。

彼女の目を見ていると臆《おく》してしまい、体が動かなくなりそうだ。でも今度はためらいたくない。今この娘をたぐり寄せないと、ますます遠ざかってしまう。

どうぞ、と、花苗が湯気のたつ茶碗を寄せてくれる。喉を潤《うるお》そうと手を伸ばすと、入れ違いに引っ込める彼女の指先が偶然、触れた。その温《ぬく》もりの優しさに魅せられる。とっさに彼女の手を握りしめていた。

「……おじさま」

花苗は戸惑《とまど》いの声をあげた。けれど健一はのぼせてしまい、無我夢中で炬燵の中から身を乗り出して彼女を引き寄せてしまう。

んっ、と、彼女の息を呑《の》む気配が胸元《むなもと》に伝わってきた。

突き飛ばされるなと予感した。花苗は、健一の息子の恋人だった娘なのだから、それもあたりまえだろう。

今日、珍しく早い時刻に帰宅できた健一は、会社帰りに石丸の家に立ち寄った。一ヵ月ほど前に花苗の祖父が亡くなっていた。あいにく出張とぶつかったために、健一は葬儀に出られなかった。線香の一本でもと気にしていたが、今日まで時間が取れなかった。留守だろうと思いつつも来てみれば、花苗は在宅していた。それで仏前で手を合わせて、ひと息ついて花苗にもてなされていたところだったのだが。

「ありがとう……、おじさま」

抵抗を待っていた健一は、つぶやかれた小さな声に、いきなり足をすくわれる。

「そう言ってくださって嬉《うれ》しいです」

花苗を抱きしめたまま、動こうにも動けなくなってしまう。主である花苗の祖父が逝《い》った今、かつては職人たちで賑《にぎ》わっていた石丸造園も、主である花苗の祖父が逝《い》った今、深い穴の中のように深閑《しんかん》としている。花苗一人では、この家を持て余すだろう。

庭で鈍《にぶ》い音がした。庭木の枝から降り積もった雪が落ちたらしい。花苗は肩先を震わせて、それに反応した。

彼女の小さく丸い指先が、二の腕に食い込んできた。うつむけた顔は、健一の胸元に強く押しつけられていた。

ストーブの灯油の匂いを押し退《の》けて、若い娘の、素直に肩に垂らした髪の微《かす》かな皮脂《ひし》の匂いが鼻先をかすめた。見たこともない花苗の体を細部まで覗《のぞ》いてしまった気がして、いけないと思う。でも、そんな自分に逆《さか》らいたかった。

「あっ――」

声を出したのは花苗だった。健一は勝手もよく知らない家の中で彼女を押し倒していた。

『暗くなりましたものねぇ、ほら花が、ようやく開きましたよ』と、白い日傘《ひがさ》をくるくる回しながら女が振り返る――古い記憶がたゆたって、健一は慌《あわ》てさせられる。

彼は腕で支えるようにして身を起こした。その下で、花苗はまだあお向けになっていた。彼女は何も言わない。ただ胸元を波打たせ、少し苦しげに息を継いでいた。閉じられている一重《ひとえ》で切れ長な瞼《まぶた》の縁《ふち》で、濃い睫毛《まつげ》が何かを堪えて震えている。

健一は迷いに捕らわれて心細くなった。そして、思いきった。

花苗の着ている水色のカーディガンを、そして白い木綿《もめん》のブラウスを、脱がせていく。

「…………」

彼女は、そうされるのを待っていたように、静かなままだ。

生ぬるい匂いがたちのぼってくる。ブラウスは左右に開き、珊瑚《さんご》色のブラジャーが覗いていた。目の前にある若い肌が、熱を帯びて甘く匂っていた。胸元の膨《ふく》らみは、薄い体とは不釣《ふつ》り合いに大きい。

思わず手を伸ばす。とたんに、また記憶が蘇《よみがえ》る。『ようやく開きましたよ』——遠い過去から聞こえてくる女の声に、咎《とが》められた、そう感じて健一は、急に気後《きおく》れした。

花苗の乳房の膨らみを、この手で崩すなんてやっぱりいけない。そう思い直して、手を引こうとした。しかしとっさのことでそれもできず、行動がちぐはぐになるばかり。

気がつくと、どこか上《うわ》の空で、紺色のプリーツスカートの中に手を入れて、絡《から》んでくるナイロンの裏地を捌《さば》きながら花苗の脚《あし》を撫《な》で上げている。

「…………」

両脚を固く力ませるものの、やはり花苗は何も言わない。ただ目を閉じていた。

健一は、左脇のジッパーとホックを外すと、スカートを滑《すべ》らせた。もうだめよと、彼女が恥ずかしがって抵抗を示すのを待ちわびる気持ちがあった。

しかし彼女は、微かに腰を震わせただけだ。

形はいいが、しんなりと細い脚だ。二十歳《はたち》をいくつか越えていても、腰もまだ薄い。胸だけが先に発育したみたいだ。そのアンバランスさに妙に惹《ひ》きつけられる。息子もそうかと考えた健一は、抵抗を覚えて思わず顔をしかめた。

「早くこいつのお嫁さんになっちゃえ」

息子の翔太郎《しようたろう》が花苗を家に連れて来るたび、居合わせれば必ず健一は、そう冗談めかしてけしかけたものだった。

息子と花苗は同い年で、幼稚園から中学まで、時にクラスメートになったりならなかったりを繰り返していた。高校からは学校が別になった。花苗は都心にある私立の女子高に通っていた。彼女が家に頻繁《ひんぱん》に来るようになったのは、その頃からだ。

ある晩、妻の野枝《のえ》から聞かされた。

「花苗ちゃんがね、よく来るのよ」

残業で遅くなった夫のために、野枝は汁物の鍋を火にかけ直していた。

「ふうん」

「進路のことなんかもね、花苗ちゃんに相談しているのよ」

「へぇ……」

健一は一日の終わりで疲れていたので、無愛想な返事をくり返した。しかし胸の内は違って、息子が花苗と親しくしていることが晴れがましく、得意な気持ちになっていた。

翔太郎は浪人することもなく、無事に大学生になってくれた。花苗は短大へ進んだ後、幼稚園教諭の資格を取り、翔太郎より一足先に働きだした。勤め先の幼稚園まで、バスで片道四十分ほどだと言っていた。仕事を持った花苗が遊びに来る日は休日ばかりになり、健一も彼女と顔を合わせることが多くなった。

「よその子の世話ばかりでなく、お嫁さんに来て、急いでお母さんになっちゃいなさい」

健一がそんな冗談を花苗に言っていたのは、その頃のことだった。そういうとき翔太郎は露骨に嫌な顔をし、恋人を外に連れ出そうとしたが、花苗は違っていた。

「あら、おじさまは、そんなに早くお祖父《じい》ちゃんになりたいんですか」

健一の戯《たわむ》れを、朗《ほが》らかに受け入れてくれる。

花苗は化粧をするようになったせいか、柔らかな印象だった顔立ちが締まってきた。切れ長の目に豊かな情感がにじむようなのが、母親に似ていた。

もしこんな娘が我が家に嫁《とつ》いできたらと想像すると嬉しくなった。そんな時期が二年ほど続いたが、半年ほど前のある晩に、息子がさんざん言い淀《よど》んだ末に洩《も》らした一言ですべてが変わった。

「……付き合っている子が……。早いのはわかっているけど……」

緑川美咲《みどりかわみさき》。初めて聞かされる名前だ。アルバイト先で知り合った短大生だという。現在三カ月めに入り、絶対に産むと言っているのだという。

責任を感じたのか、事の成り行きに興奮しているだけなのか、翔太郎もその気になっていた。卒業を控えていながら、まだ就職先も見つけられずにいるというのに。

おまえの付き合っている娘は花苗だろうと叱《しか》ったが、無駄だった。

花苗にはどう説明したのか、健一は聞かされていない。それ以来、彼女が訪ねてくることはなく、健一は生活の張りを失ったようで物足りなさを通り越し、寂しくさえあった。

膝《ひざ》から太腿《ふともも》へと、直接、手の平でさすっていく。

まだ遠慮が手つきにあった。ためらいが消えてくれない。

この娘を今さっき抱きしめた衝動は、男のというよりも、保護者めいたものだったのかもしれない。けれど……。

花苗の太腿は柔らかく、内側は汗をかいているように湿り気を帯びている。そこへ手を強く押しつけると、その瞬間だけ肌の匂いは濃くなるようだった。

ショーツは白色で、柔らかな木綿でできていた。つい、その裾を持ち上げて隙間《すきま》を作り、中へ手を差し入れていく。内側は、生ぬるかった。

「ふぁっ……」

指先が茂るものを探《さぐ》り当てたとき、花苗は初めて声を出した。吐息に掠《かす》れた声だ。突き出すようにした下唇は、今までずっと噛《か》みしめていたせいだろう、濡れて赤々としている。

指先が感じ取った感触を受けて、健一は緊張したが、遅かった。亀裂の隙間に滑り込んだ指先が温かな潤みに浸《ひた》されている。

枷《かせ》が外されていく。しかし花苗の方が早かった。

「あぁっ、お、じさ、まっ……」

彼女の薄い腰がゆったりと、股に男の片手を挟《はさ》みつけたまま力強く波打っていく。何かを期待し、それを待ちこがれるあまりに焦《じ》れているという動きだ。

思いもしなかった花苗の大胆さだった。

硝子戸《ガラスど》の向こうから、砂を詰めた布袋でも落としたような音がした。雪が、また枝から落ちたのだろう。その音に、今度はこちらがびくりとなった。

「花苗ちゃん」

早く応《こた》えてやらないと。突如《とつじょ》として何かにせきたてられてしまう。

慌てて下半身だけ裸になると、花苗に重なっていく。無我夢中だ。

指先でまさぐり、割り開いていた亀裂に、今度は男根の先を押しつける。

「はぁっ、んんっ……」

花苗はのけぞり、声を重たく膨らませた。

一刻も早く挿入してしまいたい。そういう形をつけてしまいたい。気ばかり急《せ》く。

「ああっ」

顎先《あごさき》を突き上げるようにしてのけぞる花苗に、背中を手探《てさぐ》られる。彼女の両脚は、男を迎えるためにしっかり広がっていた。初めて知る奔放《ほんぽう》な彼女に、のぼせあがってしまう。

「あぁ……ね、ねぇ、おじさま」

息みながら、彼女が与えてくれる箇所へと、股間を押しつけた。

庭先で、また雪の落ちる音がした。

「……おじさま……ねっ、おじさま」

どのぐらいの間、股間をぶつけていたのだろうか、花苗にそっと背中を叩かれていた。

しかし止めなかった。なおも腰を動かしていた。肉体が思うようにならないという事実を払いのけるようにして。

「あぁっ、なんでだ」

花苗に向かって発した言葉ではなかった。

「まだ少し……完全に固くは、ないから」

柔らか、と言いかけて彼女が素早く言葉を呑んだことに気づいてしまう。

ようやく律動を止めた。ひどく息が切れた。

兆候がないわけではなかったが、ここまでのは初めてだ。強く思うあまり、空回りしている。頬《ほお》が強張《こわば》るのを感じた。動揺が顔に出ているようだ。

花苗が身をきつく寄せてくる。

「あの……こうしていたいわ」

そこに彼女の手が伸びる気配がした。

「けど、きみが……その、嫌だろう。どうしたらいい。すぐに欲しいだろう」

さりげなく腰を揺らす。中途半端な一物を彼女から隠したかった。

探ろうとする花苗の手は、すぐに止まる。

「そんな、そんな言い方して……。でも」

組み伏せられたままの彼女は頰を赤らめ、甘く睨《にら》んできた。

「ねっ、こうしてくれますか。……いいでしょう」

彼女は頭の向こうへと体をずらしていく。そして上から覆《おお》い被《かぶ》さる男の頭を抱き、自らの下腹部に誘う。舐《な》めてもらいたいのだなとすぐにわかり、こちらも身を動かした。

「あぁっ……でも恥ずかしい。ごめんなさい、こんな……」

花苗は、いざとなると急に気弱な声を出した。浮かせ気味の腰が震えている。

「そんなこと言わないで」

こんな彼女を可愛いと思いつつも、つい太腿を強く押さえつけてしまう。

「あぁっ」

開かせた脚の間に、腹這《はらば》いになった。甘酸《あまず》っぱい匂いが重くたゆたっている。

「見ないで。……やだ、見ないでください」

「もう全部、見えてる」

「言わないで。死にそう」

少々荒っぽい扱いを受けると、花苗の声は甘える調子が濃くなった。

「あぁぁ……可愛いのをしてる」

目の先に、生赤いものがにじんでいた。さんざん亀頭を押しつけたせいで、無惨《むざん》なほどにひしゃげていた。擦《こす》りすぎたからか、色も充血したような赤味が目立つ。孵《かえ》りたてで、まだろくに目も開いていない雛《ひな》の濡れた羽毛の隙間から見える素肌のように、無垢《むく》だ。

「ごめんね。強く擦りすぎちゃったね」

花苗に、というより、それそのものに語りかけていた。

幾重《いくえ》にも折り畳まれ、よじれたような性唇は、縁が薄墨を筆で一掃《ひとは》けしたように色づいていた。口に挟むと、少しのざらつきが感じられる。

「はぁっん、あっ」

花苗の腰が大きく痙攣《けいれん》した。

頭をゆるゆる動かして、口に挟んだそれの形を整え、整えては舌先で崩していく。そんな反復を続けるうちに、水っぽい音がしてきた。胸がときめいた。

「うぁあ、んっ……」

花苗は腰を左右に揺らしながら、鼻から重たい声を洩らしていた。

腹這いのまま、両腕で彼女の太腿を抱え込むようにして脚を持ち上げる。彼女の薄い腰に触れると、鳥肌が一面に浮き上がっている。毛穴が縮んで盛り上がり、根本から立ち上がるようにしてそよぐ和毛《にこげ》が、手の平を柔らかくくすぐってきた。

どこかしら幼さの残る体なのに、男を充分に知っているんだなと、嫉妬《しっと》した。自分の愛撫にしだいに奔放になっていく女としての花苗に魅了されもし、なんだか痛ましく感じたりもした。そんな暗い興奮が、刺激的だった……。

ふと、見られている、という錯覚があった。そちらへ目を向けた。付け鴨居《かもい》に花苗の先祖の写真が並んでいた。その中の一枚が、茶枠の中からこちらを見ているようだった。焦点を変えると、その額縁の硝子に、身を重ねた自分たちが映っている。

「ごめんね。こんなことになっちゃって」

健一は、自分でも思いがけず消極的な言葉を口にしてしまった。

「どうして。わたし、おじさまのこと好きなのに」

花苗の返事は素早く、語気は強かった。歳《とし》の離れた男のためらいを感じ取ったのだろう、それを捨てて欲しいと懸命に哀願する色が瞳に浮かんでいる。

安堵《あんど》が湯のように込み上げてくる。花苗が愛しく、こうして、ずっと身を寄せ合わせていたいと、心の底から初めて思った。

「ごめん。もう言わない。……でもね、花苗ちゃんのこと、生まれたときから、ずっと知っているからね……。だからつい。でも、もう言わないよ」

彼女の脚の付け根に顔を埋《うず》め直し、口と舌を使っていく。花苗は甘く泣き濡れる声で反応して、恥丘を突き上げてきた。

○

生まれたばかりの花苗は、あのとき、真っ白に膨らんだ乳房に吸いついていた。思いがけない光景にぶつかって、健一は短く声を漏らしたのだろう、女が顔を上げた。

「あら、この間の、烏瓜《からすうり》の……」

細長い首をしなりと持ち上げて、こちらを見ると、うろたえを隠すように、面長《おもなが》な顔に笑みを浮かべる。大きくて、一重の切れ長な目だった。

一週間前、彼女は健一の新居の前に、ふと足を止めたというように立っていた。日暮れだというのに白い日傘をくるくる回しながら振り返り、ちょうど会社から帰ってきた健一を見るなり、『暗くなりましたものねぇ、ほら花が、ようやく開きましたよ』と、嬉《うれ》しそうに声をかけてきたのだった。

女の後ろには、花の終わったつつじの生け垣《いがき》があった。つつじは妻の野枝の希望で、家を買ってから植えた。その密生する細かな葉の表面には、緑の網《あみ》を被せたように蔓《つる》が伸びていた。野枝も子供を産んだばかりの身なので、庭木の世話にまで手が回らないのだ。

夕刻もだいぶすぎ、あたりは薄暗かった。その透き通る紺色の闇の中に、白い花が幾つも浮かんでいる。五枚の花弁の縁が細く裂け、何本もの髭《ひげ》になって長く放射線状に伸びている。生け垣を被う蔓から咲いていた。

「みごとな烏瓜。山に行くと野生で群生しているそうですけれど。……ここまで鳥が種《たね》を運んできたのね。暗くならないと開かない花なんて、不思議ですね」

健一のことを、この家の主《あるじ》であると気づいているのか、いないのか。女には、そんなことはどうでもいいらしい。ただただ白い花の神秘性に魅了され、感嘆せずにはいられなかったというふうだ。

生け垣の向こうの我が家には明かりが灯り、生まれたばかりの息子の泣き声がはじまった。野枝が何やら声高《こわだか》に言い聞かせている。

でも、それは遠かった。

健一は、カナカナカナと周囲を埋めるような蜩《ひぐらし》の声と、花と、女の白い顔だけが現《うつつ》であるようなもの狂おしさに捕らえられていた。

「まぁ、わたしったら、つい、お引き留めしてしまって……。ごめんください」

女はそっと身を屈《かが》めると、呪縛《じゆばく》にかかった健一をそこに置いて、静かに歩き去った。

見送るともなく、薄闇に沈んでいく女の白い日傘を見つめた。

子供があるようには見えなかった——しかし、その女が目の前で赤ん坊に乳をふくませている。健一はようやく我に戻った。

「あ……夏祭りの奉納金を持ってきました。三班の狭間《はざま》といいます。あの、班長さんが急に入院して、お隣なもので代わりに僕が。あの、町内会長さんのお宅はここで」

母乳は豊富に出るらしい。赤ん坊の丸々と豊かな頰は大きく動いている。

我が子のために広げた胸元からは、乳の匂いが、霧《きり》のようにたちのぼっている……。そんな幻《まぼろし》の匂いを嗅《か》いだ気がして、健一は慌てて目を逸《そ》らす。彼はまだ若かった。三十をようやく過ぎたばかりだ。

「ええ、その件でしたら承知しております。わざわざ暑い中を御苦労様です」

女はそう言いながら、赤ん坊を抱いたまま、さりげなく動いて、男に背を見せた。頰が赤らんでいる。

健一はますます緊張を覚えて、饒舌《じょうぜつ》になっていく。

「僕は、半年ほど前に越してきまして。うちも息子が産まれたばかりなんです。なのに無理をして家を買ってしまって……。この間の烏瓜の家がそうなのです。……そうか、あなたは石丸造園の奥さんだったんですか」

ここは高度成長期に丘陵地帯を切り開いて造成され、後の『泡《バブル》』の時代に人口を増やしていった、坂と切り通しの多い東京郊外の町だ。しかし崖下《がけした》の竹林を背負うようにしている石丸の瓦葺《かわらぶ》きの大きな家は古く、戦前からここに根を張っているらしいことが窺《うかが》われる。仕事で終日家を空けてばかりの健一は、この町のことに、まだ詳《くわ》しくなかった。

「わたし、ここの娘なんですよ。造園業は父が」

扇風機が回っていた。赤ん坊の顔にも、乳房にも、汗の玉が浮かんでいる。痩《や》せぎすなようなのに、なで肩のあたりは肉が厚く、妊娠の名残《なご》りが感じられる。昼の光の中で見ると、健一よりひと回りほど年上であろうことがわかった。遅い出産だったらしい。

「あら、ずいぶんと汗が……ちょっと待ってらしてね」

授乳を終えた彼女は、カルピスを作って持ってきてくれた。静かな美しい人だと思った。

崖下の家は、蟬《せみ》の声に囲まれていた。

今、あのときの花苗のように、健一は頰を大きく動かしている。着ているものは何もかも脱ぎ捨てていた。そうすると、花苗も黙って真似《まね》をしてくれた。

あらわな乳房は彼の手の中だ。指を弾《はじ》き返してくる弾力に驚かされる。妻だけしか知らないで久しい。新鮮だった。

「んぁっ……おじさま……とても……」

あお向けになって乳房を与え、うっとりと声を漏らす花苗に、頭を抱えられた。そうされて、安らいだ心地が満ちてくる。つい、甘えた。

「大きいんだ」

「えっ」

「……おっぱい」

椀を伏せた形の乳房は、きつく握ると根本から肉が絞り出されて、こねて作ったように丸々としたふたつの球形が並んだ。誘われるようにして、それをゆっくり交互に吸った。

「もぉ……そんな……そんなこと……」

後頭部をおっとりと撫でてくれる花苗は、身をよじり、羞恥《しゅうち》をにじませた。

そんな彼女に甘くゆるりと包み込まれていくのを感じた。

蒸《む》したようにふっくらと、厚みのある乳輪だ。沈んだ杏《あんず》色をしている。そっと舌先で唾液を乗せるように撫でていると、縮緬皺《ちりめんじわ》を作って固く縮まっていく。乳首が目立ってきた。軽く歯を立ててみる。

「くぅっ」

花苗の肩が跳《は》ね、頭を撫でる手が止まった。と思うと、前よりずっと荒々しいしぐさで指を動かし、髪の中を探ってくる。捲《まく》り上げるように突き出した唇の隙間から、ツフッと、息を細く呑む声が漏れ、青白い上下の門歯が覗いた。

唇を塞《ふさ》ぐと、彼女の喉の奥の暗がりから、生温かな吐息が溢《あふ》れてきた。それは甘酸っぱい匂いがする。さっき炬燵に入ると花苗は蜜柑《みかん》を勧《すす》めてきて、自分でも二個ばかり、薄桃色の指先につまんで食べていた……。

舌を大きく回すと、花苗は肉の薄い肩をすぼめる。

「……っ、いっ」

花苗の背が反《そ》ってくる。知らないうちに乳房を強く握りすぎていた。手を離し、あお向けの彼女の脇腹に顔を伏せた。

目を上げると、白い球面が目前に迫っていた。高価な茶器の、白い釉薬《うわぐすり》を被ってぼってりと厚くなった艶《つや》のある肌を、あるいは乳色をした鍾乳石《しようにゆうせき》を連想した。

鳩尾《みぞおち》との境《さかい》には、括《くく》ったように深く細い隙間ができている。影を作っているその部分は汗を溜《た》めて、肌の匂いがひときわ濃いように思える。

あのときの花苗にも、母親の乳房がこんなふうに見えていたのだろうか。乳を溜めた乳房は、もっと厚く重たげだった。

こんな状況で思い出すとたまらなくなり、花苗の乳房の間に鼻先を埋めた。左右から乳房が圧迫してくる。重たい匂いにむせかえり、下腹部が甘く反応してしまう。

「まっ……そんな、子供みたい」

花苗が、今までのせっぱ詰まった調子ではない、ふくよかな声を出した。再び髪を撫でてくれる彼女の指先には、優しさが戻っていた。

顔を揺すって乳房を掻き分け、深い谷間の、さらに奥底の匂いを求めていく。

「あぁ、くすぐったいわ。……ねぇ、も、もう……」

花苗の声は甘えて拗《す》ねるように、語尾が舌足らずになってきた。

暖房が効きすぎているらしい。いつしかお互いに玉の汗を肌に浮かべている。そんな体《てい》できつく抱き合ったまま、身悶《みもだ》えていく。

「いい匂いがするよ」

「う、うっ……ぁんんっ」

楽しかった。

そろそろという気配を、ようやく股間に感じてはいたが、急がずに、もうしばらく、こうして戯《たわむ》れていたい。花苗の包み込むようなまろやかな気配が、暗黙のうちにそれを許してくれているようだった……。

町の各所に取り付けられたスピーカーから、夕刻の時報代わりのメロディが、割れた鐘の音色《ねいろ》で流れはじめた。

あのときも、と、思い出す。彼女とふたりで時報のメロディを聴《き》いていた。薄曇りの寒い日。あの頃、町に流れたのは、この曲ではなかった。『野薔薇《のばら》』だった……。

「……えっ？」

花苗に何か言われ、身動きを止めて、町に流れる音楽に気を奪われていたことに気づく。

「帰らないと、いけないですか」

色艶に膨らんでいた声は、弱々しい、すがりつくような調子に変わっていた。

「僕が帰るのが、嫌なのかい」

花苗は黙っている。

外は暗くなったらしい。朝から雪の降る天気だったので、午後に健一が訪れたとき、すでに室内には明かりが灯されていた。蛍光灯の光が冷えびえと目に映った。

「別に、わたし、ただ触っているだけでもいいのに」

健一の体の下で、花苗は右肩を下げるようにして手を伸ばしてきた。彼女の手の平は湿っていて、まだいくらか柔らかさの残る陰茎に、吸着する。

両肘《ひじ》を花苗の顔の左右に突くようにして、身を起こす。

「うっ……んむっ」

捕らえたものを離すまいというように、指先が圧迫してくる。そして、そのまま上下に滑らせた。

「ああっ……」

温かな刺激が満ちてくる。

「おじさま」

花苗にひしと見据えられた。その黒目がちの瞳に浮かぶのは、邪気のない必死さだけだ。

「もっと、花苗ちゃん。すごくいい。もっと……あぁぁっ」

唸《うな》るような、腹の底からの声が出た。花苗の思い詰めた表情が少しだけ緩《ゆる》んだ。にわかには信じられないが、彼女は、自分をこれほどまでに求めてくれる。胸の奥が嬉しさにこそばゆくなった。

彼女の手の動きに合わせて、しだいに男性器の分泌するものの音が大きくなる。

「んむっ」

花苗の丸められた指を押し広げるように、陰茎が膨らむ感覚が、一瞬した。臀部《でんぶ》に力が入り、腰が反射的に突き上がった。すると花苗のもう片方の手が、そのあたりを撫で回してきた。

「……あぁっ」

健一は目を閉じた。『野薔薇』を聴いた、あの冬が蘇る。

○

藤子と書いて、とうこ、と読ませるのだと、見舞いに行って健一は知った。正月の松も取れた頃だ。息子たちが高校受験を控えていたから、健一も五十代が近かった。

「あら。……まぁ」

浴衣《ゆかた》の上に、手編みらしいカーディガンをはおると、彼女は白いベッドに起き上がった。

「なんだか突然に……。その、お嬢さんから入院していると聞きましたもので」

花苗にそそのかされたみたいに言った。まぁ、あの子ったら、ご心配をおかけしてしまって……と、淡く微笑される。四人部屋で、藤子を含めて三人の婦人がベッドを占《し》めていた。隣の患者は、見舞いに来た母親らしい年輩の女と堅い表情で話し込んでいた。全摘という言葉が、健一の耳を時おりかすめた。

藤子はいつも結《ゆ》い上げている長い髪を、ゆったりした一束の三つ編みにして、片方の肩から胸元へと下ろしていた。きつく合わせた浴衣の襟元から、肌の甘い匂いが生ぬるく溢れてきそうで、健一は息苦しさを覚える。病院での生活では洗髪もこまめに行なえないらしく、脂《あぶら》っ気も豊かに艶光りしている。色の数が少ない風景の中で、それだけが妙に生彩に満ちた印象だ。

「入院なんて、ほんとうは大げさなぐらい軽いんです。来週には退院です」

彼女のベッドの枕元に名札があり、名の読み方の話になった。以前からの顔見知りなのに、初めて下の名を知ることができた。

「受験が近いですね。翔太郎君も花苗も無事に合格するといいわ。退院したらお参り」

と言いかけて彼女は、家に戻ったら近所の神社に娘の合格祈願に行こうと思っているのだが、そのときは一緒にどうかと、話を改めると誘ってくれた。

同年の子を持った親しみから誘ってくれているのだとは、すぐにわかる。それでも健一は、靴底から病院のリノリウムの床を踏みしめている感覚が消えた。

だいたいこの時期にと言われたあたりで、頃合いを見計らって彼女を迎えに行った。神社は石丸造園の崖の向こう、雑木林《ぞうきばやし》の丘の上にあった。

石段は角がすっかり丸みを帯び、抹茶《まっちゃ》色の苔《こけ》が斑《まだら》の模様を作っている。このあたりが村だった頃からあるらしい、古い神社だ。

ようやく時間を作ったものの、勤め人の哀しさで、結局は夕暮れ時になってしまった。雪でも降りそうな底冷えのする寒さに、健一は病み上がりの藤子を気遣《きづか》った。

彼女は白い息を吐き、懸命な様子で上がっていく。

社《やしろ》の前で並んで手を合わせている間、冬枯れた山の風景を伝えるような濁《にご》った声で、鵯《ひよどり》が数回鳴いた。

『若くてね、びっくりしたわ。ハンサムでね、花苗ちゃんのお祖父さんに仕込まれた植木職人らしいけれどね、そうは見えなかったわ。ああいう人を言うのよね、遊び人て。けばけばしい若い子を車の中に待たせてね、石丸造園から派手なスーツ姿で出てきてね』

数日前の夜、妻の野枝が寝しなに鏡台の前で顔にクリームを塗り込みながら藤子の夫のことを、そう噂《うわさ》していた。婿《むこ》の立場は肩身が狭くて、だから、放蕩《ほうとう》を始めたのではとも……。

健一が見舞いに行ったことを、藤子は娘にも誰にも喋ってはいないらしい。今日のお参りのことも、あの子たちには内緒で神頼みをと、悪戯《いたずら》っ子のように笑っていた。

寂しいのかもしれないなと、朗らかに振る舞う彼女の心の内を想像した。とはいえ、これ以上の関係を藤子に求められていないことは、なんとなく伝わってくる。

でも健一は違った。手を合わせながら、翔太郎の受験のことなど忘れていた。高台の神社には人気が絶えている。彼女が参り終えたら抱きすくめてしまおうか。そして唇を塞いでしまえば……。もし先方にその気がなかったのなら、おちゃらけてしまおう。

とは思っても、なかなか行動には移せない。

藤子は静かにお参りを済ませると、行きましょうかと健一を目で促《うなが》してきた。

彼女が先に歩いた。髪をあげているので、群青《ぐんじょう》色のコートの襟から伸びるしんなりと細いうなじが覗いている。そこに煙《けぶ》るような後《おく》れ毛を見つめて歩きながら、今だ、今だと健一は勝手に緊張を強くしていく。石段の二、三歩前で、あっと声を出しそうになった。

藤子がいきなり振り向いたのだ。

「良かったわ。入院なんかして、娘の大切な時期に何もしてやれないと辛くて……それでわたし、なんだか、だめになってしまいそうだったので……だから今日は良かったわ。狭間さん、お付き合いをありがとうございました」

『野薔薇』が鳴り響きだしたのは、そのときだった。

藤子の目に映っている自分を、健一は見た。彼女はそれほど間近にいて、彼を見上げて嬉しそうに笑っていた。もし先方にその気がなかったのなら、おちゃらけてしまおう——

と思った自分を、その一瞬、阿呆《あほう》だな恥ずかしいと感じてしまった。いつも甘えてふざけるが、ほんとうは臆病《おくびょう》な子だと、幼い頃よく母に言われたのを思いだした。

「なに、こちらには出来の悪い息子がいますし。石段が危ないですよ」

注意すると藤子の方から自然に片手を差し出し、握らせる。警戒など微塵《みじん》もない、自然な素振りだった。

温かい柔らかみを手の内に感じながら、健一は逃げ場のない興奮を持て余し、持て余す自分に苦笑した。そして突然、青年めいた感傷が込み上げてきて慌てた……のだった。

花苗の手の動きは、機械的で乱れることなどなく、ある一点を目指すようにしだいに早くなる。

充血を帯びる海綿体が、熱を帯びて重たい。

「うんっ」

たまらず息ばみ、呼吸を継ぐと、野太い溜息《ためいき》が洩れた。

さっき蜜柑をつまんでいた指の腹に、亀頭がくるりと撫でられた。むらっと、胸の奥で妖《あや》しいものが揺らぐ。

「ああっ花苗ちゃん、……今度は、口で」

たまらなくなってあお向けになる。すぐに下腹部が、花苗の呼気《こき》で生ぬるく温まってきた。

「うっ」

ゆるく溶いた水飴《みずあめ》の中に入れたみたいだ。赤ん坊みたいに唾液が多い。見ると、下腹部で黒髪の頭が揺れている。小さな愛玩犬《あいがんけん》が股の間で遊んでいるように見える。陰茎を、長い間、吸われた。裏側の筋やかりに舌先での刺激を受ける。

花苗はしばし玩具を与えられた子供のように夢中になって口を使っていた。

男根の角度が上がっていく。

むっ、と、喉元で声を止めると、花苗が上目にこちらを見た。目が合うと、強い羞恥に捕らえられたらしい、いやっ、と、小さく声を漏らして彼女はしがみついてきた。

胸と胸とを合わせるようにと促し、再び抱き合うと、唇を重ねる。しかし花苗は拗ねたように肩を揺すった。それでいて逆に下腹部はきつく密着させてきた。性毛は湿って膨らみを失い、こちらの腿や腰に砂をまぶしたように固く擦れる。

もう先には延ばせない。弾けたようになって、花苗を組み伏せた。

すぐに脚を摑《つか》み、広げさせる。片方のつま先に、炬燵蒲団が引っかかり、隙間から中の赤外線の明かりが漏れた。その温かみに気づいたときは、すでに花苗を貫いていた。

「ハァン、おじっ、さまぁっ」

入るなり、花苗はむしゃぶりついてきた。挿入されて乱れているのだが、何かを怖がっているようにも見える。彼女の気持ちが理解できる気がして、あまり動くことはせずに、ただきつく抱きしめてやった。

しだいに体が思いを裏切り、腰が律動してしまう。

「あぁぁーっ。あ――っ。あ――っ」

花苗は高く上擦《うわず》った声を何度も放った。いかにも男に蹂躙《じゅうりん》されているというように。男に圧倒されながら、そうされて白くほっそりと、まだ少女期を脱していない体に快感が湧き起こり、どうしていいのかわからなくなっている。そんな様子が声や、激しく揺さぶられるままになっている肉体や、美しく引きつらせた顔に現われている。

「あぁーっ、お、おじさまっ」

腰を動かしながら、手を彼女の体の下に入れて、尻を摑んだ。しばらくして、ゆっくりと肉が押し返してきて、窪みを作っていた指先は、皮膚の潤《うるお》いに滑っていく。

「うあっ、あっん」

花苗はひとつひとつの愛撫に、敏感に反応を示した。

「あぁっ、なんて……なんていいんだ」

最初は若い感触を楽しんでいたが、しだいに余裕を失った。最後は花苗にすがるようにしがみついてしまう。そして、終わっていた。

「もう少しだけ……」

体を離そうとすると、彼女は痙攣の治まらない体でしがみついてくる。

「いいよ。僕も、ほんとうはこうしていたい」

目が合うと、ふっと無邪気な笑みが、お互いに浮かんできた。乱れた髪を直してやると、花苗は恥ずかしそうに目を泳がせる。それが、ふいに止まった。

何気なく健一も、そこを見た。付け鴨居に並ぶ先祖の遺影の中で、一番新しいのは花苗の祖父の写真だ。そして、そのひとつ手前が藤子の遺影だった。

「お祖父ちゃん、逆縁というものは辛いって、いつも言っていたわ」

健一と神社参りをした年の夏、藤子は逝った。彼女は最後は独身だった。

「美しい人だったな」

思わずつぶやくと、花苗はあっと小さな声を漏らし、淡く微笑《ほほえ》む。

「もしかして、母のこと、好きだったんですか？」

あぁと、素直に返事をした自分に、健一は自分でも驚いた。

「そうね、母は、美しい人だったわ。……わたし、少しは似ていますか」

「お母さんにかい。あぁ、そっくりさ」

答えてしまってから、はっとした。

「だから――」

言いかけた花苗の肩を抱く。

「そうじゃない。そんなのとは違う」

嘘《うそ》ではなかった。ここ数年の花苗を眩《まぶ》しく感じ、男として魅了されていた。けれど、それだけではない。

息子と花苗に、自分と藤子を重ねて見ていたところがある。若いふたりの仲が壊《こわ》れたとき、まるで自分が失恋した思いだった。

今、花苗を通して藤子を鮮《あざ》やかに思い出している。今になって藤子へ寄せていた気持ちが思いがけず強いものだったとわかり、それが色褪《いろあ》せもせずに心の奥から出てきて、健一は自分でも驚いていた。それは感傷という埃《ほこり》にまみれていた。でも、もう慌てない。

ただ……藤子と、その娘。ふたりが入れ替わったような、そうなって初めて男としての願いが叶《かな》ったのだという物狂おしさに駆られている。

こんな気持ちを、健一はとても言葉では言い表わせない。またその必要もないと思った。

「わたしね……おじさまに、わたしのお義父《とう》さまになってほしかったのよ」

花苗は肩を抱かれたまま、健一の胸に顔を埋めてきた。

まだ熱の引かない彼女の体のなかで、擦りつけられた鼻先だけが、つんと冷たい。

○

薄闇に包まれてゆく世界に、カナカナカナカナという蜩の声が満ちていた。

そろそろ烏瓜が白い花を開かせる時間だ。健一はそれを待っていた。

蔓性の植物は強い。年に一度は植木屋に入ってもらうが、夏がはじまるといつしか庭のあちこちを伝《つた》いながら年ごとに身の丈《たけ》を旺盛《おうせい》に伸ばし、必ず花を咲かせた。

生け垣の向こうから、赤ん坊の泣き声がした。今夜は息子夫婦が遊びに来ていた。

何気なくポケットに手を入れると、折り畳んだ紙片に触れた。独《ひと》り暮らしを始めた花苗の部屋の住所と電話番号が記《しる》してある。家に送られてきた転居通知の葉書から、密《ひそ》かに書き写したものだった。

今週末にでも行こうか。もう少し先に伸ばそうかと、この数週間ほど迷っている。

あの雪の日以来、まだ花苗と会っていない。すでに半年近くが過ぎてしまった。彼女は土地や建物の処分や、引っ越しなどで多忙を極《きわ》めていた。健一も煩雑《はんざつ》な日々を送っていた。

石丸造園はすでに更地《さらち》になり、数日前から数件の建て売りの家の工事が始まっていた。

花苗との再会は無性《むしょう》に楽しみで、でも、それだけで同時に不安でもある。あの雪の日、彼女は一人で寂しかったに違いない。

とはいえ次に会ったら、案外と何もなかったようにお茶だけ飲んで終わりになるかもしれないし、あるいは……その逆に……。

『ほら花が、ようやく開きましたよ』そう、背後で声が聞こえた、と錯覚した。振り返れば白い日傘がくるくる回っているようだ。

白い触手を広げながら、薄闇に烏瓜の花が浮かびはじめた。

蜜のしっぺ返し

長谷一樹

著者・長谷《はせ》一樹《かずき》

会社員生活の傍ら、濃密な官能小説の執筆を続ける。ストーリー展開の妙、陰影に富む性描写には熱いファンが多く、官能小説雑誌を中心に活躍する。一九五一年、北海道生まれ。高崎経済大学中退。『秘本Z』『秘本卍』などのアンソロジーに参加。

1

「あっ、みーつけた。えい！　やったぁ、五つ目のわき芽《め》をゲットォ！　ねぇママ、見てぇ！」

トマトのわき芽を小さな手でポキッともぎ取って彩香《あやか》が得意そうに声を張り上げた。ジャガイモの芽かきをしていた母親の悠子《ゆうこ》が振り向いてVサインを送る。

栃木県宇都宮《うつのみや》市の郊外にある春うららの観光農園。旅行代理店の主催した一泊二日田舎暮らし体験ツアーでの一コマだった。トマトのわき芽取りもジャガイモの芽かきも農園を所有する農家の指導によるものだった。

トマトは成長するにつれて主枝と葉の分岐部分から「わき芽」と呼ばれる新芽が生えてくる。放っておくとわき芽はどんどん成長して枝になり、結果、養分が分散されて主枝が十分に成長できず、収穫できるトマトの質や量を低下させる。トマトの栽培でわき芽取りは欠かせない作業なのだという。

一方、ジャガイモの「芽かき」。これは一種の間引きである。植えた種イモからは芽が五、六本生えてくる。だが、そのままにしておくと収穫できるイモは数ばかり多くて小粒になるため二本程度に芽かきする。指導してくれた農家の話によると収穫できるイモの大きさは残した芽の数で決まるらしい。

小学校二年生の一人娘、彩香はもちろん、東京で生まれ育って農業体験などない悠子も初めて知った野菜栽培の知恵だった。

「こんなに楽しいんだからパパも一緒にくればよかったのにね。ねぇ、ママ」

「え⁉ う、うん……そうよね」

彩香から言われて悠子が苦笑混じりに相づちを打つ。新聞の折り込みチラシで見た一泊二日の田舎暮らし体験ツアーに参加を申し込んだのは二カ月ほど前。都会での暮らししか知らない彩香に土の香りを教えてやりたいという悠子の提案からだった。

銀行員で夫の工藤智彦《くどうともひこ》は乗り気ではなかったらしいが、とりあえず賛成してくれて親子三人の参加を申し込んだ。だが、前日になって智彦が「急に接待ゴルフに駆《か》り出された」と不参加を切り出した。そんないきさつがあっただけに悠子も複雑な気分だったのだ。

「あれぇ？ だけど、おイモさん、なんだかかわいそう」

ジャガイモの芽かきをしていた悠子の手元を見やって彩香が顔を曇らせた。トマトのわき芽取りはポキッで終わりだが、ジャガイモの芽かきはちょっと勝手が違う。

種イモから生えた芽が土の上に顔を出し、十五センチほどに成長したところで芽かきをするが、土中にはその倍以上の茎や根が育っている。間引きされるのは成長の遅いものや形の悪い芽だが、それを抜き取るには上下左右に芽を揺らして土中の種イモから引き剝《は》がし、文字通り「引っこ抜く」格好になる。

麻酔もかけずに抜歯するようなもので、種イモから芽が離れるさいにはメリメリと音が立つ。そんな母親の作業を見ていて彩香が涙ぐんだ。心優しい一人娘の感受性にほのぼのした感動を覚えながらも、そうしなければジャガイモが大きく育たないという自然の道理も理解でき、悠子は思わず苦笑した。

「そうよね。でも、しょうがないの。こうしないとおイモが大きくならないんですって」

「ふーん、そうなんだぁ。だけどトマトさんもおイモさんもかわいそう。トマトさんのわき芽もおイモさんの芽も一生懸命生きようとしてたのにね。なんだか彩香が手や足をもぎ取ってるみたいな気分になってきた」

彩香の瞳ににじむ涙が膨《ふく》らんだ。

「だけどね彩香、トマトさんもおイモさんも彩香やママにおいしい実を食べさせて上げたくて一生懸命我慢してくれてるんだと思うよ。だからポテトチップ食べる時もサラダ食べる時もいっぱい感謝して食べようね」

「そっかぁ。うん、分かった」

瞳を輝かせてうなずいた彩香に悠子は目を細めた。農業体験は土と触れ合う楽しさを教えてくれるだけでなく、食べ物への感謝や人間が生きていくことの残酷さも教えてくれる絶好の機会なのかもしれなかった。この場にもし夫も居合わせたら、そんな感動を家族全員で共有できたのに……そう思うと妙に寂《さび》しかった。

そこそこの大学を出て銀行に入った智彦は一応エリートの部類に入るだろう。だが、いざとなると優柔不断《ゆうじゅうふだん》。ツアー前日になって言い出した「急な接待ゴルフ」だって何カ月も前から予定していたことに違いない。そう思うと腹立たしくもあった。

「そうよね。パパも一緒にくればよかったのにね」

ふと思い出したように悠子は彩香の言葉を復唱した。

「でも、パパにとっては家族でイモやトマトと戯《たわむ》れてるよりゴルフ仲間と玉を転がしてる方が楽しいのよね、きっと」

彩香の耳に届かない小声で皮肉を口にして小振りの新芽をグイッと引っ張る。が、周囲の土が不意に盛り上がって悠子はあわてた。「芽かきするさいは土の上から種イモを押さえつけながら」と教えられていたのに、腹立ち紛れに芽だけを引っ張ったのだ。結果、種イモごと引きずり上げてしまったらしかった。

「あっ！　ちゃんと押さえて！」

背後から声と手が同時に降り注ぎ、日焼けした骨太の手が悠子の白い手に重なった。

「すいません！　失礼しました、奥さん！」

悠子の手から日焼けした手がサッと離れる。悠子が振り向く。二十代半ばの青年が頬《ほほ》を赤らめて立っていた。

2

宿泊した永岡《ながおか》家は農園の所有者で、地元で「お大尽様」と呼ばれる大地主らしかった。その夜、酒宴が催され、ツアー客全員が参加して総勢六組十四人。ほとんどが年配者で「定年退職したら田舎暮らしを考えておりまして」といった話題で盛り上がった。

「皆さん、セガレがちょっと中座します。今から害虫駆除《くじょ》で。作物を食い荒らす害虫はほとんどが夜行性でしてな。皆さんが寝ている間に密かに食い荒らす。それをひとつひとつつまんで退治する。無農薬の自然農法では欠かせない作業でしてな」

家長の永岡泰造《たいぞう》が改まった口調で切り出したのは宴《えん》たけなわの十時すぎ。横に座っていた長男の孝一《こういち》が緊張した面持ちで立ち上がる。昼間、悠子と手を重ねて頬を赤らめたあの青年だった。

「この作業もぜひ体験を、と申し上げたいところですが……」

そこで言葉を切って永岡泰造が参加者たちを見回す。酔いで顔を紅潮させた面々から「ええ⁉ 今からぁ⁉」といった声が沸き起こる。永岡が笑って続けた。

「ま、時間も時間ですし、皆さん、かなり酔ってらっしゃる。ここはひとつセガレに一任ということにしましょうか」

「あのぉ……私にお手伝いさせていただけませんか？ 私は飲んでおりませんし……」

悠子がおずおずと名乗りを上げる。永岡が苦笑した。

「これは有り難い。しかし害虫駆除は都会の方にはちょっと……。今夜はイチゴの害虫退治です。赤くなりかけたイチゴにへばりついているナメクジをつまんで捻《ひね》り潰《つぶ》す。何度かツアーの参加者にもお手伝いいただいたことがありますが、ナメクジが手に張りついて失神したご婦人が何人もおりましたからな」

ナメクジ、と聞いて悪寒《おかん》が走ったが悠子はキッと顔を上げて言った。

「それも大事な作業のひとつなんでしょ？ ぜひお手伝いさせてください。多少のことは覚悟しておりますから」

悠子なりの意地だった。ツアーへの参加をドタキャンした夫に当て付けの武勇伝を聞かせてやりたい……そんな思いがあったのだ。

「そうですか。奥さんほどのお綺麗《きれい》な方からそこまで言われると断るわけにも参りますまい。するとお嬢ちゃんもご一緒に？」

「いえ、娘はもう寝てますから私一人で」

すでに客間で寝息を立てている彩香を思い浮かべて悠子の中で不安と安堵《あんど》が交錯《こうさく》した。ナメクジうようよの敵地に乗り込む不安は大きい。たとえ小学生といえども彩香がいれば強力な援軍になるはず。だが、その一方でナメクジと遭遇して悲鳴を上げる情けない母親の姿を娘に見られないで済む……。

「じゃ、行きましょうか」

「はい……」

懐中電灯と割り箸《ばし》を渡され、大柄な体で先を行く孝一青年の後に従って外に出る。漆黒《しっこく》の闇が待っていた。

「この辺りにはヘビもいますから踏ん付けないほうがいいですよ」

「え⁉　ほんと⁉　んもぅ脅かさないで！」

「脅かしてるわけじゃありません、事実ですから。でも、夜になって気温が下がってくるとヘビも動きが鈍《にぶ》くなりますから平気です」

「そんなこと言ったたって……」

ぶっきら棒に告げられて悠子の腰が引け、あわてて懐中電灯で足元を照らした。工藤悠子三十六歳。彩香の前では母親ぶって見せていても、未知の世界に足を踏み入れるとまるで臆病《おくびょう》な少女だった。十分ほど歩いて辿《たど》り着いたのはイチゴ畑だった。

「ああ、随分《ずいぶん》出てるな」

イチゴ苗の株元に敷いた「マルチ」と呼ばれる黒いビニールシートを懐中電灯で照らして孝一がつぶやいた。

「え？　何が？」

「ナメクジですよ。ほら」

糸を引いて蛇行《だこう》する銀色の軌跡がマルチのあちこちに付着していた。

「ナメクジが這《は》った跡です。体の粘液がこんなふうにマルチにへばりつく」

「ほんと!?　でも肝心《かんじん》のナメクジがいないじゃない」

「彼らの狙いは赤くなったイチゴです」

大粒のイチゴを孝一が裏返す。

「きゃ！」

悠子は悲鳴を上げて孝一にしがみついた。赤くなったイチゴの裏側に四、五センチほどもある褐色《かっしょく》の物体が三匹取りついて蠢《うごめ》いていたのだ。赤い部分がえぐり取られてぽっかりと空洞ができていた。物体の表面はヌラヌラと光り、まさにおぞましい濡《ぬ》れ悪魔だった。

「あ、あ、あれがナメクジ……塩……塩……塩かけなきゃ」

声が震え、膝《ひざ》が震えた。総毛立っていた。

「しょうがない人だな。だからやめた方がいいと親父が言ったでしょ?」

孝一が苦笑する。今となっては彼が世界中の誰よりも頼もしい唯一《ゆいいつ》の味方だった。

「けど、塩かけるなんて呑気《のんき》なこと言っていたら仕事になりませんよ。さ、こんなふうに割り箸で」

ナメクジをヒョイとつまんで箸先をすぼめる。褐色の体がよじれて臓物と体液がにじみ出す。悠子は目眩《めまい》がしそうだった。

「さ、あなたもやってごらんなさい」

「ええ⁉ あたしも⁉ は、はい……」

自身を懸命《けんめい》に鼓舞《こぶ》してナメクジに割り箸を伸ばす。だがナメクジの直前まで行って手が止まった。

「どうしました?」

「いいえ、あの……いえ……恐いわけじゃないんだけど……あの……その……」

「ほんとにしょうがない人だな。じゃ、ちょっと小休止。気を取り直すまであそこで一休みしましょうか」

孝一が懐中電灯で照らしだしたのはツアー客たちの休憩所に使われているという三坪ほどのプレハブ小屋だった。

3

小屋には電気も引かれていて、こうこうとした明かりが悠子の恐怖を多少は和《やわ》らげた。

「ねぇ、ひとつ聞いてもいい？　ここにはヘビもナメクジも入ってこない？」

「でしょうね。一応密閉されてますから」

「良かったぁ」

悠子が肩を撫《な》で下ろす。

「あーあ、ナメクジぐらいでオタオタしちゃうなんて、あたしにはやっぱり田舎暮らしは無理かなぁ。ひそかに夢見てたんだけどなぁ。歳をとったら田舎に移住しようって」

「そんなに気落ちすることないですよ。いずれ慣れます。それより害虫退治を再開しましょうか。だいぶ落ち着いたみたいですし」

「ええ⁉　だめよ。あたし、まだドキドキしちゃってるんだからぁ。ほら」

孝一の手を取ってトレーナーの胸に導く。手が胸に触れた途端、彼がうろたえて顔を赤らめた。

「ん？　なに？　どうしたの？」

「い、いえ……別に……と、とにかく外に出ましょうよ」

孝一が顔を真っ赤にしている。そのうろたえぶりに悠子はがぜん息を吹き返した、彼は田舎暮らしや害虫駆除ではエキスパートでも女性の扱いに関しては初心者らしい。悠子の中にふとイタズラ心が芽生《めば》えていた。

「ねぇ、あなた、おいくつ？」

「はぁ？　二十六ですけど……」

「恋人はいるの？」

「え⁉　いえ……あ、いや、いるにはいるんですけど恋人と呼べるかどうか……」

「はぁ？　どういう意味？　まだエッチしたことがないとか？　まさか手を握り合ったこともないなんていうんじゃないでしょうね」

「いえ……あの……まぁ、おっしゃる通りで……」

うろたえている孝一に悠子はクククッと笑った。ジャガイモの芽かきでもナメクジ退治でも連敗続きだったが、ここにきてやっと彼のウィークポイントをみつけた気分だった。

「しょうがない子ね。あなた、ひょっとしてまだ童貞？」

「え⁉　え、ええ……まぁ……」

「あらら。今どき二十六歳にもなって童貞だなんて信じられない。あっ、分かった。だから彼女を抱くのが恐いのね？　失敗したらどうしようって」

「放っといてください！　僕なりに考えのあることなんですから！」

顔を真っ赤にして孝一が弁解《べんかい》する。悠子は宴の席で父親の永岡泰造が持ち出した彼の見合い話をふと思い出した。農家の跡取りである孝一に何度も見合いを勧めるのだが頑《がん》として聞き入れないのだとしきりにボヤいていた。だが、彼が見合い話を断り続ける理由がやっと分かったような気がしたのだ。

「なるほどね。つまり好きな人がいるから見合いを断り続けてるってわけね。だったらさっさとその恋人らしくちゃんとエッチしちゃいなさいよ。じゃないとその子を他の男性に取られちゃうわよ」

「やめてください！　結婚前の男女がそんなふしだらなことすべきじゃありません！」

「そんな杓子定規《しゃくしじょうぎ》なこと言ってる場合じゃないでしょ？　それともあなた、もしかしてインポ？」

「そんなんじゃありません！　ちゃんと勃《た》つしオナニーだって……あ……いえ……その……」

あわてて口をつぐんだ孝一に悠子はニヤリと笑った。彼の誠実さは痛いほど伝わってくる。だが、それだけにますますからかってみたくなったのだ。

「あーあ、馬鹿馬鹿しい。さ、そろそろナメクジ退治を再開しましょうか」

孝一に背を向け、わざと四つん這いになって床に置いた懐中電灯に手を伸ばした。ジーンズの張りついた尻が孝一の前に突き出される。どんな反応が返ってくるか興味津々《しんしん》だった。彼がハッとしたように視線を逸《そ》らす。悠子はますます調子づいた。

「さ、ナメクジ退治再開！　行きましょ」

振り向いてスックと立ち上がる。ジーンズの密着した股間に彼の視線がチラと注がれたのを悠子は見逃さなかった。

悠子が穿《は》いていたのはストレッチ系のブーツカットジーンズ。ヒップや太腿《ふともも》に密着したジーンズは脚長の体型とヒップラインを際立《きわだ》たせ、局部の輪郭《りんかく》をもあらわにさせる。そんな光景に彼が何を想像したのか。それを思うと愉快でたまらなかった。

「はぁ？　なに？　どうしたの？」

何事もなかったように問いただす。

「い、いえ……別に……」

孝一がうろたえた。

「そう？　じゃナメクジ退治に行きましょ」

悠子が平然と言い放ってクルリと背を向ける。すかさずジーンズの尻に視線を注がれた。ヒップに密着したジーンズは下着のラインをもあらわにさせる。彼は今、ジーンズにくっきり浮き出たパンティラインを目のあたりにしてあらぬ妄想を抱いているはずだった。

「ん？　なに？　何よ。そんなにジロジロ見ないでよ。あたしのお尻に何かついてる？」

わざと突き放す。するといきなり孝一が土下座した。

「お願いがあります！　あんたを抱かせてください！　俺、あんたが言うとおり彼女を抱くのが恐いんです。失敗したらどうしようって。だからリハーサルさせてください！」

4

新婚時代、帰宅した夫の智彦はキッチンで夕食の支度をする悠子の後ろ姿に似たような視線を浴びせてきたものだった。だがそれは不快ではなく、むしろ嬉しかった。ヒップや股間に注がれる視線だけで潤《うる》んでしまったこともある。結果、夕食の支度そっちのけでキッチンで愛し合ったこともあったのだ。

だがそうした夫婦の戯れは彩香の誕生を境にしてすっかり影をひそめてしまった。今では交わり自体がほとんど皆無《かいむ》になっている。それだけに孝一の視線が過去の懐かしい思い出をまざまざと蘇らせてくれたのだ。とはいえ、「リハーサル」という孝一の言葉に皮肉を浴びせることも忘れなかった。

「あら、いきなりそんなこと頼まれても困るわ。だいいちリハーサルってどういうこと？　つまり私はモルモットってことかしら？」

「い、いえ、そういう意味じゃなくて……あ、あの……はっきり言ってあなたは俺が付き合ってる子より何倍も美人です。初めてあなたを見た時にさすがは都会の人だなーって。俺なんかには手の届かない人なんだなーって。だけど、こうやって二人っきりでいるとムラムラしてきて……。すいません！」

孝一が頭を床に摩《す》り付ける。彼の生真面目さが憎めなかった。決して巧《たく》みなお世辞《せじ》ではなかったが、それはそれで悪い気はしなかった。だからあっさりと矛《ほこ》を収めたのだ。

「いいわよ。モルモットになってあげる」

「え⁉　ほんとですか？　いいんですか⁉」

「ただしひとつだけ条件があるわ。私がナメクジと勇敢《ゆうかん》に闘ったと娘の彩香にしっかり伝えてちょうだい」

「はぁ?」

大真面目な顔で告げた悠子に孝一が啞然《あぜん》として顔を上げる。だが悠子なりに真剣だった。彩香は夫の智彦に対してプロパガンダ役を果たしてくれるはず。悠子がどんなに力説しても効果は薄いが、彩香の口から武勇伝が伝えられれば智彦も納得するはずだった。

「はぁ、その程度のことでしたらいくらでも」

拍子《ひょうし》抜けしたように孝一が答える。大きくうなずいた悠子は彼の前に進み出ると唇をゆっくりと重ねていった。

「あ、い、いえ……でも、あの……」

うろたえて孝一がもがく。その手を悠子はトレーナーの胸に引き寄せた。

「ほら、触って。これが女性の胸よ」

「は、はい……」

トレーナー越しに乳房を揉まれる。オズオズした動きだったが、それがむしろ悠子の羞恥心《しゅうちしん》を搔き立てた。

「柔らかい。マシュマロみたいだ」

「直接触ってみる？」

「え⁉　いいんですか⁉」

「触りたいんでしょ？」

「は、はい……できれば……」

ためらいがちにうなずいた孝一の手をトレーナーの中に導く。ブラジャーの下端からくぐった指で乳首を転がされた。

「あん……」

思わず声が出た。

「え？　もう感じたんですか？」

「馬鹿ね。ちょっとビックリしただけよ」

とっさに弁解したが感じたのは確かだった。夫の智彦とセックスレス状態になっても欲求不満を意識したことはなかったが、体の芯《しん》では喜悦《きえつ》を求めていたのかもしれなかった。

「あ、あのぉ……ワガママついでにアソコ、触ってもいいですか？」

トレーナーから抜き取られた孝一の手が下腹部に伸びてきた。横座りして開き気味になったジーンズの股間に視線を注がれる。孝一の目には淫丘に押し上げられてこんもり盛り上がった局部が映っているはずだった。

「いいわよ。触ってごらんなさいよ。けど、ジーンズの上からでいいの？」

「え⁉　直接触ってもいいんですか⁉」

孝一の顔がポッと赤らんだ。

「んもぅ、何をうろたえてるのよ。女を抱くっていうことはエッチな場所をいじったり舐《な》めたりしゃぶったり、色んなことを意味してるのよ。そんなことも分からないの？」

偉そうに講釈してはみても、言い終えてから悠子は全身がカッと火照《ほて》るのを感じた。当初は彼をからかうつもりでしかなかったが、すでに挑発と化している。しかも挑発しながら自身も高ぶっていたのだ。でも、今ならまだ後戻りできる……。悠子はふとそう思った。

浮気や不倫の定義はよく分からない。だが独身時代はともかく智彦と結婚してからは他の男と親密に接したことはない。体《カラダ》の関係はもちろん、そんな気さえ起こしたことはない。つまり世間的には貞淑《ていしゆく》な妻と言えるはず。

なのに今、初対面の青年に「触れ」と命じている。そんな自分が恐かったが言い訳できなくもなかった。ドタキャンしてゴルフなんかに行っちゃった智彦が悪いのよ……だった。

「ジーンズの中に手を入れてもいいわよ」

挑《いど》みかかるように告げる。うなずいた孝一の喉がコクリと鳴った。

「いいんですね？　入れますよ」

念を押すように言って孝一が動いた。ジーンズのホックが外され、ファスナーが下ろされる。ジーンズの前が弾けるように開いてピンク色のパンティが顔を覗かせた。

「じゃあ手を……入れます……」

孝一の声が震えている。挑発しておきながら悠子も実は緊張していた。手がパンティの上端から差し込まれ、柔肌の上を這うように降りてくる。指先が秘毛に触れ、さらに下へ……。だが、なぜか指がそこで止まった。

「え？　どうしたの？」

「いえ……あのぉ……ジーンズがきつくてこれ以上進めないんです。お尻を浮かせていただけませんか？」

「んもぅ、手間のかかる人ね」

ボヤいたが分からなくもなかった。夫との蜜月時代にもジーンズを着けたままで愛しあったことがあったが、ファスナーを下ろしてもキツキツのジーンズに阻まれて指を局部まで到達させるのは至難の業だったらしい。

「これならいいでしょ？」

腰をわずかに浮かせる。孝一がコクリとうなずいて手を始動させる。真下まで到達した指で秘毛が押し退けられ、ぷっくり膨らんだ淫肉に指先が触れる。肉ワレを探りながら孝一が頰を紅潮させて言った。

「ジメジメしてる。蒸《む》れてるみたいだ」

「えっ⁉」

悠子はハッとした。まだ入浴していなかったことを思い出したのだ。

5

娘の彩香を除けばツアー参加者たちの中で悠子は最年少。他の参加者たちの計らいで彩香はいの一番に入浴させてもらったが、遠慮もあって悠子は宴会を終えてから最後に入るつもりだった。

日中は真夏を思わせるムシ暑さだった。しかも炎天下での農業体験で汗もかいている。夜になって季節本来の涼《すず》しさに戻ったとはいえ、ジーンズや下着で密閉されていた秘めやかな部分には暑さや汗の余韻《よいん》が汚臭となって残っているはずだった。

このまま事態が進めば初対面の青年の前に恥ずかしい匂いまでさらけ出すことになる。

それだけは避けたかった。

「ちょっと待って！　やっぱりやめましょ」

パンティの上からとっさに孝一の手を押さえる。彼が怪訝《けげん》そうに首を傾《かし》げた。

「え？　どうしてです？」

「どうしてもこうしてもないの！　とにかく中止よ。下着から手を抜いてちょうだい！」

強圧的に命じた、つもりだった。だが返ってきたのは意外にもしたたかな反応だった。

「ははーん分かった。まだお風呂に入ってないからでしょ？」

「え？　どうしてお風呂に入ってないことを知ってるの？」

「畑にいる時も戻ってからもあなたをずーっと観察してましたから。観察しながら色んなことを想像して……」

「ええ!?　まるでストーカーね。で、何を想像したっていうの？」

「あなたのアソコも汗や色んな分泌物で汚れてるのかなー、あなたみたいに綺麗な人でも汚れると臭くなるのかなーって」

言い終わらないうちに膣に衝撃が走った。肉ワレを掻き分けた指がにゅるりと侵入してきたのだ。

「うぐ……だめ……」

仰《の》け反《ぞ》った。セックスレス状態の続いていた女体に痺《しび》れるような刺激が走ったのだ。

「すごい。中はもっとジメジメしてる。いや、ヌルヌルしてると言った方がいいのかな」

「やめてちょうだい！　女のそこは普段でも多少は湿ってるの！」

「いえ、湿ってるっていうレベルじゃないです。ヌルヌルしてるんです」

「だからぁ、それは汗のせいで……」

とっさに言い訳したが、秘めやかな部分を久しぶりにまさぐられて、いつの間にか潤んでしまっていたのだ。

「汗？　つまりやっぱり汚れてるんですね？　あなたは今日、オシッコもしたでしょ？その匂いも残ってますか？」

「知らないわよ、そんなこと！」

ムキになって怒鳴《どな》る一方で羞恥が潤みを加速させていた。夫の智彦と蜜月だった頃は入浴前でもよくイタズラされたものだった。時には排尿中に智彦がトイレに押し入ってきて尿で濡れた秘め所をしゃぶられたこともある。

アブノーマルな行為と言ってしまえばそれまでだが、それもまた新婚夫婦ならではの刺激的な密戯だった。その証拠に当時は夫からそうされることでノーマルなセックスでは得られない興奮を覚えたのも確かだったのだ。

「あなたみたいに綺麗な人でもオシッコするんですよね。オシッコして汗をかいて一日たてばきっと臭くなりますよね？　嗅《か》いでみたいな。入浴前のあなたのここ」

膣穴から抜き取られた指が濡れ谷間を滑って肉ビラの合わせ目まで移動する。敏感な肉芽をグリリとえぐられた。思わず声が出た。

「うぐ……だめ……」

「すごい。クリトリスがコリコリに固くなってる。普段でもこんなに固いんですか？」

「馬鹿！　余計なこと聞かないで！」

真顔で聞かれて悠子は声を荒らげた。未熟者の素朴な疑問には時として残酷さがある。イエスともノーとも答えられずに悠子はうろたえるばかりだった。

「そうかな。余計なことかな」

肉芽をとらえた指が上下左右に揺れ動く。痺れるような快感が押し寄せてきて悠子の喉元から喘ぎが漏れて出た。

「あは！　そこはだめよ。だめだってば……あん……あは……だめ……」

腰が震えた。あふれた恥液がパンティのクロッチ部（分泌物を吸収するよう綿生地で裏張りして二重になった股部分）に滲《にじ》みだして広がり、淫唇にネバネバと貼り付いてくる。女性ならではの恥ずかしい感触だった。

「もうだめ。お願いだから手を抜き取って。じゃないともう何もさせてあげないから」

パンティの上から孝一の手を押さえて拒む。これ以上肉芽を弄《もてあそ》ばれるととことん乱れてしまいそうで恐かったのだ。

「分かりました。すいません」

意外にもあっさりと孝一がパンティから手を抜き取り、悠子をひっしと抱きしめる。だが、悠子の首の後ろに回された手の指先を孝一がじっと見たのを悠子は気づかなかった。孝一が見ていたのは恥液が染みついてヌラヌラと濡れ光る中指。しかも彼はその指を自身の鼻先に運んでクンクン嗅いだのだ。その気配に気づいて悠子があわてた。

「きゃ！　匂いなんか嗅いじゃだめ！」

振り向いてとっさに孝一の手を押さえた。匂いを嗅がれた羞恥で体《カラダ》がカッカと熱かった。だが、孝一は意外にも平然として言った。

「どうしてです？　犬や猫は盛りがつくとオスがメスのアソコをクンクン嗅ぐんです。それで興奮して交尾する。人間だって動物の一種なんだから同じじゃないですか？　俺、汚臭だって立派なフェロモンだと思うんです」

「んもぅ、屁理屈ばっかり」

反論できずに悠子が愚痴《ぐち》る。孝一の言葉には妙な説得力があったのだ。

「あなたのアソコをいじった指、ちょっぴり臭かった。でも、オシッコの匂いはしなかったな。チーズみたいなスルメみたいな……」

「だめ！　それ以上言わないで！」

あわてて孝一の口を押さえる。羞恥で肩が小刻みに震えていた。

「でも、俺、感激です。あなたみたいに綺麗な人でもお風呂に入ってないと臭いんだって知ったから。それに、すごくいやらしくて、いい匂いだった。俺、すごく興奮してます」

孝一の言葉に誘われて彼のズボンの股間にチラと視線をやる。天を突く大振りのテントに目を見張った。男根に対する興味が猛然と湧いてきた。

「あ、あの……もしあたしがアソコを見せてあげたらもっと興奮する？」

「はぁ？　そんなの当然じゃないですか」

「でも、〈臭い〉とか〈いやらしい〉とか言っちゃだめよ。それと……あたしが見せてあげる代わりにあなたのも見せてくれないと……」

「そんなのお安いご用です！」

嬉々として孝一が立ち上がり、ズボンとブリーフを脱ぎ捨てる。赤紫色に怒張した男根が弾けて飛び出す。剛毛の鬣《たてがみ》を押し退けて腹部に密着するほど鋭角にそそり立っていた。

悠子は言葉を失った。エラの張り具合といい太さや長さといい、そそり立つ角度といい、夫の智彦より遥かに立派だったのだ。

「さあ、今度はあなたの番です」

孝一の手が悠子のジーンズに伸びる。悠子はあわてた。

「待って！　自分で脱ぐから！」

とっさに立ち上がって孝一に背を向ける。ジーンズに手を掛けて中腰になり、恐る恐るずり下ろす。次第にあらわになっていく双丘の谷間に孝一の視線が突き刺さった。

6

見られるだけで濡れる……そんな感覚は久しぶりだった。双丘に舐めるような視線を注がれ、ジーンズとパンティを脱ぎ終える頃にはジュクジュクに潤んでしまっていたのだ。

「こっちを向いていただけませんか？　あなたの全てが見たい」

「で、でも……」

「約束ですよ。そもそも、あなたから言い出したことなんですから」

「分かってるわよ！」

ムキになって怒鳴り、おずおずと振り向く。すかさず下腹部に視線を注がれ、悠子はあわてて両手で茂みを覆った。

「ったく、自分で言い出しておきながら往生際の悪い人だな」

下腹部に当てた手を払われる。孝一がしゃがみ込む。淡い秘毛の奥に透ける肉ワレに視線が突き刺さった。

「きゃ！　見ちゃだめ！」

あわててうずくまり、その態勢のまま床に横臥《おうが》した。だがヤブ蛇だった。秘部をかばうつもりが、うずくまったために前後の卑猥な器官を孝一の前にさらす結果になったのだ。

孝一が動いた。悠子の上にのしかかって抵抗を封じる。背後から双丘の谷間がこじ開けられる。膝を固く閉じてはいても谷間はあっけなく口を開け、褐色のすぼまりとぷっくり膨らんだ淫肉を孝一の視線にさらした。

「すごい！　お尻の穴もアソコも丸見えだ」

「だめ！　見ちゃだめ！」

胸まで持ち上げた膝を伸ばそうと試みたがムダだった。上にのしかかった孝一の大柄な体はビクともしなかったのだ。クンクンと鼻を鳴らす音が聞こえてくる。嗅がれたのだ、前も後ろも。羞恥が猛然と込み上げてきた。

「だめだってば。お願い、かんにんして！」

涙混じりの声で訴える。だが羞恥が募《つの》れば募るほど潤みは増していった。左右の淫唇を掻き分けられる。潤んだ秘粘膜に冷気が差し込んできて、全てがあらわになったことを悠子は思い知らされた。

「すごい。あなたのここはこんなふうになってたんですね。左右のビラビラがいやらしい。なんだかナメクジが二匹いるみたいだ」

「いやん、ナメクジだなんて」

言い得て妙だった。そう言われてみれば色も形も湿り具合も、さらには柔らかさまで小陰唇はナメクジにそっくり……。

「中が真っ赤でヌルヌルに濡れてる。えーと、オシッコの穴はどこかな？　膣は……っと」

肉ビラがコネ回されて捲《まく》られる。秘粘膜の谷間を隅から隅まで目で這い回された。

「そんなにジロジロ見ちゃだめ。お願い！」

「そうはいきません！」

生温かいぬらつきで粘膜をえぐられた。舐めたてられたのだ。痺れるような快感が悠子の下腹部を突き上げた。

「あは！　あん……あん……舐めないで……そんなことされたらあたし……」

ますます濡れちゃう……と言いたかったが、さすがに口にはできなかった。

「すごいですよ。ビラビラがよじれてる。クリトリスが固くなって包皮から剝《む》け出てる。潤みがジュクジュクあふれてくる。あふれた潤みが内腿に垂れてる」

「いちいちライブ中継しないで！　あ、あは……ああ……舐めちゃダメ……」

声がうわずり、吐息が乱れた。せめて一矢報《いっしむく》いてやりたい……そう思ってふと孝一の股間に目をやる。ハチ切れるほど怒張した男根が目に飛び込んできた。無意識のうちに孝一の足を引き寄せる。

すかさず孝一が応じた。態勢を入れ替えて互いに横臥したシックスナインで向き合う。目の前に突き出された男根に恐る恐る手を伸ばす。指が亀頭部に触れた途端、強張りがビーンと弾けて反り返った。

「これが……もうじきあたしの中に入るのね」

「え？　いいんですか⁉」

思わずつぶやいた悠子に孝一が反応した。

「え⁉　な、なに⁉　馬鹿ね。独り言よ」

あわてたが遅かった。ムクリと起き上がった孝一が悠子の両膝を抱えて大きく掻き広げたのだ。ワレメが半開きになって褐色の肉ビラを覗かせた。

「馬鹿！　独り言だと言ったでしょ！　あっ、だめよ。だめだってば！」

もがいたが両膝をがっしり抱えた孝一はビクともしなかった。

「俺、絶対に失敗しません。さっき指で探って入れる場所はちゃんと確認済みです。入れる場所を間違えるような失敗はしませんからご安心ください！」

「んもぅ、そういう意味じゃなくて」

同じ出来心からでも見せたり触らせたりする程度ならまだ罪は軽い。だが接合してしまえば後戻りは不可能……そんな恐怖が悠子の中にあったのだ。だが遅かった。膣穴のとば口に焼けるような衝撃が走る。侵入した亀頭部が最奥に向かってメリメリと押し入った。

「あ、あは……あ、ああ……」

押し寄せてくる快感に悠子の眉間《みけん》が歪《ゆが》んだ。半開きになった唇から喘《あえ》ぎが漏《も》れる。女の最も柔らかい器官に男の最も固い器官を挿入される恥悦。血脈の疼《うず》きが膣の肉壁を伝って子宮に染み込み、痺れるような快感に包まれた。

「あは……ねぇ、もっと奥まできて。あたしをメチャメチャにして」

「はい！」

孝一の腰が打ち据えられる。二人の接合部がグチュグチュと音を立て、カリ首に掻き出された恥液が糸を引いて肛穴に滴《したた》った。

「すごい！　すごくいい。あは、あん……」

悠子が悶《もだ》える。だが、若い孝一がいつまでも抽送を続けられるはずがなかった。獣の咆《ほう》哮《こう》を放って「出る！」と怒鳴ったのだ。

「抜いて！　外に出して！」

とっさに叫んだ。妊娠を回避する水際作戦であると同時に夫の智彦に対するせめてもの義理立てだった。あわてて抜き取った孝一が腰をわななかせ、乳白色の体液が悠子の顔にビッと飛散した。悠子も大きく仰《の》け反《ぞ》った。

携帯電話が鳴ったのは余韻に浸っている時だった。けだるそうに悠子が携帯を手に取る。流れてきたのは智彦の声だった。

『やあ、俺だ。ゴルフの後でお客様に飲みに誘われちゃってね。そっちはどうだ？　農業体験は楽しかった？　彩香も楽しんだか？』

酔いの交じるやけに明るい声だった。背後ではカラオケに興じる酔客の声も聞こえていた。夫なりに言い訳のつもりだったのだろう。悠子は声を弾ませて言った。

「すっごく楽しいわよ。今ね、畑に出て害虫退治をやってるとこ」

『はぁ？　こんな時間に？　どんな害虫だ？』

「ナメクジよ。私を指導してくださってるのは農園所有者の息子さんで二十六歳の孝一さんていう方。とっても素敵な方よ」

『彩香も一緒か？　他の参加者もいるんだろ？』

動揺が伝わってきて悠子はニッと笑った。

「馬鹿ね。彩香なんかとっくに寝てるわよ。他の参加者たちはすっかり酔ってらして害虫退治どころじゃないわ」

『ってことは真っ暗闇の畑でお前はその男と二人きりってことか⁉　お前、本当に害虫退治なのか？』

声に嫉妬の怒気が交じっていた。

「もちろんよ。でも、畑のナメクジを退治するついでにあたし自身のナメクジも退治してもらっちゃった」

クククッと笑って孝一に目配せする。悠子の肉ビラを「ナメクジ」と評した孝一がオドオドした視線を返してきた。

『はぁ？お前自身のナメクジ？　どういうことだ？　おい、悠子、答えろ！』

孝一が怒鳴《どな》る。悠子はニヤリと笑った。

「ふふ、馬鹿ね。冗談よ。あなたも今夜はせいぜい羽根を伸ばしてくださいな」

一方的に電話を切って孝一の首に腕を回す。唇を重ねた。さすがの若さで彼の下腹部はすでに回復していた。唇を離すと悠子は彼を見つめて言った。

「今夜だけならって条件つきで主人も許可してくれたわ。これで大威張《いば》りよ。ねぇ、もう一回あたしのナメクジを退治して」

幸運の女神

井出嬢治

著者・井出《いで》孃治《じようじ》

一九六四年、兵庫県生まれ。大学卒業後、コンピュータプログラマーや営業マンなど多くの職業を経て、九〇年から雑誌編集に携わる。九四年にフリーとなって、格闘技記事を中心に執筆。〇三年九月「危険な占い師」により、本誌デジタル版『WEB―NON』で小説デビューした。

1

「この指、大好き」

高樹裕子《たかぎゆうこ》は、男の細くしなやかな手を弄《もてあそ》び、指を絡《から》めながら甘えるように言った。

「ズルイのよね、こんなによく動くなんて。それに、私の感じるところを全部知ってて」

ラブホテル特有の大きいがコシのない枕をクッション代わりにしてヘッドボードにもたれ、右手を裕子に預けたまま、山下孝司《やましたこうじ》は左手をサイドボードに伸ばしてタバコを取った。

パッケージを振って器用に一本抜き取り、口に銜《くわ》えると、これも左手だけで、ジッポのライターで火を点《つ》ける。

「ライブのある日って、もう朝からワクワクしちゃう。ライブで踊りまくってイイ汗流して、打ち上げで楽しいお酒を飲んで、その後は孝司とサイコーのセックス」

裕子が胸に頬《ほお》を擦《す》り寄せると、孝司はタバコを置いて女の頭を優しく抱いて、ゆっくりと髪を撫《な》でてやった。

山下孝司のバンド『WIZARDS《ウィザーズ》』は、アマチュアではちょっとした有名バンドだ。

メンバー全員に美形を集めた俗に言うヴィジュアル系だが、それだけに終わらず、デジタルで作り込んだダンサブルなリズムに、ギター、ピアノ、ベースのエモーショナルな旋律が絡み、その音楽的なセンスの良さは一部に熱狂的なファンを持っていた。インディーズ・レーベルから出している二枚のアルバムは、約四万枚とインディーズとしては驚異的な売り上げを誇っている。特に孝司の奏《かな》でるギターの美しい泣きのメロディは、女性ファンに人気が高い。

今日は、そんな彼らの毎月定例のコンサートがあったのだ。

そして高樹裕子は、彼らのグルーピーと言ってもよい存在だ。孝司にしても、いつ頃知り合ったのかハッキリとは思い出せない。一年半くらい前だろうか、気がつけばいつもコンサート会場にいて、そのうちに打ち上げにも顔を出すようになった。そこから身体の関係になるまではあっという間。以来、一年ほど関係が続いている。

孝司から見れば彼女は四つ年上だが、妙に気が合い、一緒にいて疲れない相手だった。

裕子が顔を上げてキスをねだり、孝司は煙を細く吐き出してから唇を寄せた。

裕子が絡めていた手を離し、孝司の首に回すとぐっと引き寄せた。積極的に舌が差し込まれ、うねるような動きで口の中を這《は》い回る。

孝司も女を抱えるように抱き寄せ、ネットリと濃密なキスを返していった。

互いに、貪《むさぼ》るように唇を吸い、舌を絡めあう。唇を重ねている間、孝司の手は脇腹、首筋、腰、背中、と的確に彼女の性感帯を捉え、撫でるように這い回った。

裕子が切なそうな喘《あえ》ぎ声を漏らした。孝司の胸元を彷徨《さまよ》っていた手が、ゆっくりと引き締まった腹に滑り、さらにその下へと降りていく。

裕子のセックスは、孝司の知っている他のどの女よりも貪欲で濃密だ。

さっき、二時間ほども時間をかけたセックスで、息も絶え絶えになりながら何度もイッたばかりだというのに、わずか十分ほど休憩しただけで、もう次を求めてくる。

孝司は半分呆《あき》れながらも、そんな裕子を可愛いと思う。

まだ二十一歳の孝司は、二～三回程度の射精なら十分も休めば充分に回復できる。仕事で相手にする女たちと違い、ある程度気心の知れた裕子とのセックスは、その積極さと相俟《あいま》って彼にしても楽しいものだった。

孝司は、夜はホストとして歌舞伎町《かぶきちょう》で働いている。べつにやりたくてやっている仕事ではないのだが、生活のためにはしかたがない、と割り切っていた。

芸能事務所に所属しないアマチュアバンドというのは、スタジオ代や機材のレンタルで想像以上に金が掛かる。その点、ホストは頑張ればそれなりに実入りもいい。

また、音楽関係の売り込みや打ち合わせは、どうしても昼間になってしまうから、その時間帯に比較的自由に時間の使えるホストは、彼にとって便利な職業なのだ。

裕子は唇を離すと、すっと下に降りて孝司の下腹部に頬をつけた。舌を長く伸ばし、尖《とが》らせた舌先で根元から舐《な》め上げる。

半勃《だ》ちだった孝司のモノが、みるみる膨《ふく》れて大きさを増していった。

「もうこんなにおっきいよ」

裕子は、固く立ち上がった男根をゆっくりとしごきながら、本当に嬉しそうな笑顔を輝かせている。

彼女は、西新宿《にししんじゅく》に本社を持つ、それなりに有名な中堅の商社のOLだ。

先日も、同期の中で一番早く課長のアシスタントとして大きなプロジェクトに関わった、というような話をしていたから、会社ではかなり『仕事のデキる女子社員』で通っているらしい。

そんな裕子が、ベッドの中では獣に豹変する。孝司には、そのギャップが面白かった。

もちろん彼女の会社での仕事ぶりなどは見た事がないのだが、この女がどんな顔をして商社員として仕事をしているんだろう？　などと思うと可笑《おか》しくなる。

「どうしたの？　何ニヤニヤしてるのよ」

裕子が男根を頬張り、舌を絡ませる合間に訊《き》いて来る。上目遣《うわめづか》いに孝司を見上げる目が淫靡《いんび》に潤《うる》んでいた。

「ん？　こんなスケベな女が、昼間はどんな顔をして働いてるんだろう？　って考えてたのさ」

「なに、それ。こう見えても昼間の私はチョー真面目よぉ～」

「ほぉ。超真面目なOLさんが、夜は痴女も真っ青なケダモノに変わるってかい。まるでヘタなAVだな」

「あら、ちょっと失礼じゃん。私のセックスはAV以上よ。でしょ？」

確かな話だった。めったに枕営業をしない孝司だが、それでもそれなりに何人ものAV嬢と枕を共にしている。だが、裕子ほどセックスの楽しい女には遇《あ》ったことがない。テクニック云々《うんぬん》ではなく、セックスを楽しもうとする積極さや、相手を悦《よろこ》ばせてあげようという奉仕の気持ちが、裕子のセックスを濃密なものにしていくのだ。

ちなみに、枕営業とは女を繋《つな》ぎ止めたり、自分の客にするために身体の関係を持つことだ。

「ねえ、そんなことはどーでもいいの！　こっちに集中しよ」

そう言うと、裕子は起き上がって身体を回し、孝司に跨《また》がった。

目の前に、裕子の花芯が迫ってきた。

第一ラウンドの名残《なごり》を残したソコは、すでにトロリとした蜜でぬらぬらと濡れ光り、濃い女の香りを放っていた。

裕子は、体臭自体はキツいほうではないが、セックスで何度も絶頂を迎えるうちに、次第に全身から淫靡なメスの香りを放ち始める。

特に秘芯は、濃密なフェロモンで満たされ、孝司の肉棍を直截《ちよくせつ》的に刺激してきた。

丸く張りつめた豊かな尻を割り開き、深紅色に充血した秘部を露《あらわ》にして舌を這わせる。

尖らせた舌先で刷《は》くようにラビアを舐め、唇で何度も軽く啄《つい》ばんでいく。

「あン、気持ちいい……。溶けちゃいそう」

裕子が悩ましそうに腰をくねらせた。

孝司は、舌先をさらに奥へと進め、蜜壺の入り口を突いてやる。

入り口を何度も突き、舌を少し潜《くぐ》らせてはすぐに抜き去る愛撫を繰り返していると、焦《じ》れた裕子が自ら尻を彼の顔にグイっと押し付けてきた。

ヌプリっと舌先が膣口をくぐり、いやらしい女の蜜が、どっと舌の上に溢《あふ》れてくる。

舌先を肉の扉がきゅうっと締め付けた。

「ん、んんん……」

裕子は、満足そうな呻《うめ》き声を上げ、固く勃起した肉棍を根元まで頬張って激しく頭を振りはじめた。もちろん、両手も遊んではいない。左手で優しくタマを揉《も》みしだき、右手は茎《くき》をリズミカルにシゴいている。

女が、唇をぎゅっと窄《すぼ》めて締め付け、舌をネットリと亀頭に絡めては、じゅるじゅると音を立てて吸い上げてくる。

孝司の快感が一気に高まり、ペニスからジンジンと快感の波が全身に広がっていった。

「裕子のフェラは最高だ」

たまらずに大きく吐息を漏らし、今度は舌の代わりに右手の中指と薬指を重ねて、秘芯に滑り込ませる。

「あうっ！」

裕子の身体がぴくんっと跳ね、膣口がキュキュッとヒクついて指に圧力を加えてくる。

すでに充分すぎるほど潤っている蜜壷を掻き回すように、激しく指の出し入れを繰り返す。

「あっ、あっ、あああぁぁぁっ！」

グチュグチュと淫らな音が響き、裕子が歓喜の叫び声を上げた。

長く伸ばした薬指で、ぷにぷにとした膣壁を擦《こす》り、カギ型に曲げた中指でGスポットのザラザラした窪みを刺激してやる。これは先輩ホストに教わったテクニックだ。

到底一度で済みそうもない裕子とのセックスに備え、第一ラウンドでは温存してあった。

「ああっ、そこ！　気持ちいいぃぃっ！」

裕子が、背を弓なりに反らし、今はそれどころではない、とばかりにアレほど大好きなペニスからも口を離して大声で喘いでいる。

孝司はさらに親指をクリトリスにあてがった。

「あヒぃぃぃぃぃっ！」

声にならない声を上げて、裕子が総身を打ち震わせた。

「いやっ！　だめっ。イッちゃうー！」

裕子がプルプルと痙攣《けいれん》するのと同時に、じゅわわわっと熱い液体が迸《ほとばし》る。潮《しお》というほどの量ではないが、孝司の手指はびっしょりだ。

裕子はガクガクと震えながら孝司の上に崩れ落ち、荒い息を吐いている。

指を抜いてもまだ、ヒクヒクと花芯が蠢《うごめ》いて、たらたらと白く濁った愛液を吐き出していた。

「ああん、ズルいー。さっきはあんな気持ちイイことしてくれなかったじゃないっ！」

裕子は、一息つくと上目遣いに孝司を睨《にら》み付け、彼の腕や胸を軽く叩いた。

すぐにまた自分から孝司に跨り、

「ねぇ、もっとイかせて！　もっともっと気持ち良くして」

と、甘えた声で言いながら、裕子が唇を求めてくる。

孝司はたっぷりと彼女の口に唾液を送り込みながら、自分のモノに手をあてがい、裕子の中に深く入っていく。

「あうっ……」

裕子が口元から涎《よだれ》を滴《したた》らせながら、快感を味わうように大きく天を仰《あお》ぎ、それと同時に腰をグラインドさせ始めた。

上体をヘッドボードにもたせた孝司の目の前で、形の良い乳房が揺れた。大き過ぎず小さ過ぎず、彼の掌《てのひら》に少し余るくらいのバストだ。

しっかりと張ったバストをじわっと摑《つか》み締めると、確かな弾力が指先を押し返してくる。突端に固く凝《しこ》った乳首を人差し指でこね回すと、裕子が切《せつ》な気《げ》な声を上げた。

「イイっ……オッパイ、感じちゃうぅ」

片腕を女の腰に回し、大きく突き上げながら引き寄せる。

「ああンっ、奥まで届くぅー！」

裕子はそう叫んで、孝司の肩を掴み、上体を彼にしがみつかせた。

「孝司のおチ×チンが、子宮に当たるのっ。気持ちイイーっ！」

裕子は、男の首にしがみついて髪を振り乱しながら、激しく腰を振りたてた。

孝司は、裕子の腰を抱いて前後に揺すりながら、手前に引くときにグイッと腰を突き上げてやる。

「す、すごいのっ、クリトリスが擦れるぅ！」

裕子は、また大きく背中を仰《の》け反《ぞ》らせ、自らも腰を突き出してグイグイと肉芽を擦り付けてくる。

「あ……、またイッちゃうっ。イクぅーっ」

裕子が一瞬硬直し、ぶるぶると震えたかと思うと、そのまま痙攣しながらゆっくりと後ろに倒れこんでいった。

孝司は身体を起こし、彼女に休む間を与えずまた深々と貫き、まるで止《とど》めを刺そうか、というような勢いで屹立《きつりつ》した肉棍を突きたてた。

「いやっ、いやぁっ、おかしくなっちゃう！　死んじゃうよー！」

裕子が、隣の部屋にまで聞こえそうな大きな叫び声を上げて身悶《みもだ》えた。

「ああ、俺もイキそうだ。一緒にイこうぜ」

「うん……。うん。一緒に……。あっ、私、またイッちゃう！」

裕子が泣き声で悦びを訴えたその時、孝司も目眩《めくる》めく快感の中でガマンしていた精を解き放った。

2

激しかったセックスの余韻もようやく冷めた頃、二人でシーツに包《くる》まりながら、再び裕子は孝司の指を弄んでいた。

「ねえ、お客さん紹介してあげよっか？」

裕子が、肘《ひじ》をついて上体を起こし、孝司を覗き込んだ。

孝司はルックスも良く話術もそれなりに上手《うま》い割には、仕事に対する貪欲さがないせいか、店での売り上げは芳《かんば》しくない。

枕営業を望む客も多かったが、余程の太客《ふときゃく》に迫られたのでもない限り上手くはぐらかしてベッドを共にすることもない。女は、裕子や他の女友達で充分に事足りていた。

彼を指名する客には、「そんなガッツしたところがないのがイイ」と言われたりもするのだが、売り上げがない限り、店にとっては二軍のホストではあった。

太客とはひと月に多額の金を使ってくれる客だ。ホストクラブに通う客の大半は風俗嬢やキャバ嬢である。金遣いの荒い客なら、ひと月に三〇〇万円近い額を使ってくれることもある。

「お前がそんな心配することはないよ。俺は別にホストでトップになりたいとは思ってないんだ。人並みに生活ができて、バンドがやれればそれでいいのさ。俺がトップを取りたいのは音楽さ」

孝司は、タバコを吹かしながら言った。

「それなのよ。高円寺《こうえんじ》に、私がよく行く占い師さんがいてね……」

「占い師ぃ？」

孝司が怪訝《けげん》な顔をした。

「そう。三沢《みさわ》さんっていって、女に手が早くて平気でお客に手を出しちゃうような、とんでもない人なんだけど、占いはバッチリ中《あた》るのよ」

「ふ～ん。それで？　お前もヤッたの？　その占い師と」

「バカね、そんなことはどうでもいいのよ。それとも妬《や》ける？」

裕子がにやりと笑いながら訊いた。裕子と三沢は、占い師と客というより、実は月に二度ほど激しくお互いの身体を貪りあうセックスフレンドのような関係だった。

「まあね」

孝司はトボけて煙を噴《ふ》き上げた。

「その占い師にあなたの事を鑑《み》てもらったの。そしたら、あなたはもうすぐ大きなチャンスを手に入れるんだって。そのチャンスを運んでくるのは私だ、って」

「そりゃスゲえ。俺もついにメジャーデビューか？」

孝司がおどけて見せると、裕子は眉間《みけん》にシワを寄せて睨み付けた。

「真面目に聞きなさいよ。私、そのチャンスってのにちょっと心当たりがあるんだ」

裕子が言うには、最近、昼間の仕事でとある大物女性実業家と知り合ったというのだ。

「ねえ、誰だと思う？　あの河野《こうの》ゆかりよ」

河野ゆかりと言えば、輸入インテリアや外食産業、美容整形など、女性の心をくすぐる業界でいくつもの会社を経営し、本人もフードコーディネーター兼タレントとして活躍するヤリ手実業家だ。

よくテレビのバラエティ番組などで見かける彼女は、もう三十代も後半のはずだが、そのバイタリティに美貌も相俟って二十代にしか見えない。

彼女の会社やクリニックは、頻繁《ひんぱん》にTVで紹介され、有名タレントを起用したCFを流し、映画やドラマへのスポンサードも積極的なため、芸能界とのパイプも太い。

裕子の勤める商社は、そんな河野ゆかりの会社の商品を扱うことになったのだという。

「ね？　彼女をお客に摑んだら、絶対にメジャーデビューの足掛かりになるわよ」

裕子が、もうデビューが決まったかのような笑顔で、孝司の腕を摑んで揺さぶった。

「でも、それってその女の力ってコトじゃん？　俺たちの音楽の力じゃない。それってカッコ悪くね？」

「何言ってンのよ。彼女の力はきっかけであって、事を動かすのは孝ちゃんの音楽よ」

「そりゃまあ、そうだけど……。裕子ってスゲぇな。こんな話してると大人の女だなって感じるよ。セックスの時とは別人みたいだ」

「なに、それ。誉《ほ》めてんの、バカにしてんの？」

裕子が笑いながら平手を振り上げる。孝司がその手を摑んで女を抱き寄せた。

「俺さあ、人生はパルプストーリーがイイって思ってんだ」

「え？　パルプストーリー？」

「そう。よくあるだろ、ご都合主義で固められたB級、C級のお手軽小説さ。主人公は、最初から最後まで強くてカッコいいヒーローでさ、とんとん拍子に話が進んで、ピンチには必ず上手い具合に助けが入って切り抜けるんだ」

「ばっかみたい。そんなことあるわけないじゃん」

「まあね。でも、もし自分が主人公の立場なら、これほど心強いモノはないぜ？　ある意味理想じゃないか。ゴチャゴチャ面倒なことやウェットなことは全部スッパリ切り捨てて、シンプルにカッコよく」

「それは、苦労から逃げるってこと？」

「逃げるわけじゃないけどさ、人知れず苦労を積み重ねて成り上がる、なんてイマドキ流《は》行《や》らないぜ」

「そうかなぁ……」

裕子が困惑した表情で肩をすくめた。

「とにかく、俺のパルプストーリーの第一章は、それなりに満足してるよ。インディーズとはいえ四万枚のアルバムを売って、ライブも成功してる。お前みたいなイイ女と付き合って、金もそれなりに不自由はしてない。そして、お前のような幸運の女神がチャンスを運んできてくれる」

〝イイ女〟と持ち上げられて、裕子がくすぐったそうな表情で笑った。

「ま、とにかくこの件は私に任《まか》せてみて」

3

高樹裕子が、河野ゆかりを連れて、孝司の勤めるホストクラブに現われたのはそれから数日後だった。

孝司がテーブルに着くと、裕子がそっと目配《めくば》せしてくる。

孝司は、ヘルプで付いた後輩のホストに裕子を任せ、自分はゆかりの相手に専念した。

本来なら、孝司は指名された裕子に付き、ゆかりには別のホストが付く。業界では裕子の立場を幹《みき》、ゆかりの立場を枝《えだ》という。

間近で見るゆかりは、TVで見るよりもスラリと細く若々しい。

(これなら二十五歳と言われても信じるな……)

孝司は、水割りを作りながら密かに目を配って値踏みした。だが、十二〜十三歳ほども若く見えるゆかりだが、小柄なのに豊かなバストと大きく張ったヒップは、やはり肉感的な熟女の色気に溢《あふ》れている。

(ここまで成功するには、どれくらいこの身体を使ったんだろう……)

そんなことを思いながらも、笑顔を絶やさず、ゆかりをメインに話を振っていく。ゆかりには丁寧《ていねい》に、裕子には多少の馴れ馴れしさをもって――。

女の話を聞いて、少々オーバーアクション気味に驚き、共感し、話を盛り上げていく。これはホストに限らず、女性と呑《の》む席では、相手に喋らせることが好感を持たれる基本だ。

ホスト慣れした客の中には、ホストの接客態度や話術などに口煩《うるさ》くダメ出しする者もいる。社会的に地位や名声があったり、有り余るほどの金を持った女に多い。

しかし、地位も名声もあり、何度か他のホストクラブにも行ったことがあるというゆかりだったが、特に面倒なことを言うでもなく、孝司とも短時間に打ち解けて楽しいテーブルになった。

「せっかくお酒を呑むんだもの、楽しく呑まなきゃ勿体《もったい》ないわ」

ゆかりはそう言って笑った。有名人を鼻に掛けない気さくな雰囲気の中にも、堂々とした余裕のようなものが感じられ、歯切れの良いハキハキとした喋り方や快活に笑う姿には、流石《さすが》にやり手実業家のオーラがある。

二時間ほど呑んで盛り上がりもひと段落付いた頃、裕子とゆかりは店を後にした。

「聖也《せいや》クンだったわよね。貴方《あなた》気に入ったわ。また来るわね」

聖也とは、孝司の源氏名《げんじな》だ。ゆかりは、孝司に向かって器用にウィンクすると、裕子が拾っておいたタクシーに乗り込んでいった。

翌日の夜八時頃、裕子から電話があった。

「昨夜はなかなかの成果だったみたいじゃない、聖也クン？　帰りのタクシーの中でも、彼女はあなたのことを気に入ったって言ってたわよ」裕子が冷やかすような口調で言う。「彼女、今度一人で行ってみるって。上手くおやんなさい」

「何言ってんだよ。俺はお前がいてくれればいいよ」

「ちょっと、やめてくれる？　そんな言葉、なんだか色恋で付き合われてるみたいな気がするわ」

裕子が鼻白んだ声で抗議する。

ホストの言う色恋とは擬似恋愛、つまり恋愛を装《よそお》って客を繋ぎ止めておく営業方法だ。

「そんなつもりじゃないよ。俺がそこまで営業熱心じゃないのは、お前も知ってるだろ」

孝司が慌《あわ》てた声を出す。

「冗談よ。だって私、孝ちゃんにほとんどお金なんて使ってないもの。大体お店にも行かないし。そんな色恋営業ないわよ。裏引《うらび》きにもなってないわ」裕子が電話の向こうで明るく笑った。裏引きとは、お店を通さずに外で客と会って金品をねだることを言う。「私はただ本当にあなたに成功して欲しいだけ。早く有名になってよ。私、友達にいっぱい自慢するんだから」

そんなことを言って裕子は電話を切った。


河野ゆかりが次に店を訪れたのは一週間ほどが経《た》った後だった。

孝司は、裕子がくれたチャンスであることは充分意識しつつも、焦《あせ》ることなく、傍《はた》から見ればさほど熱心とは思えない素振りでゆかりの相手をしていた。

しかし、そんな孝司の態度が、逆に自信家のゆかりを惹《ひ》き付けたようだった。

最初の二〜三回は週一ペースで来店していたゆかりが、三日に一度は店に顔を出すようになった。

「なかなか太い客を摑んだじゃねぇか」

先輩ホストが孝司の肩をポンと叩いた。

ゆかりが一度の来店で使う金は七〜八万だが、それでも三日に一度となれば月に一〇〇万円近くなる。

ゆかりの来店回数も八度目を数えた夜、彼女は帰り際のエレベーターで激しくぶつかるように唇を求めてきた。俗に言うエレチューというヤツだ。

孝司は彼女を抱き止め、情熱的に唇を重ね返す。豊満な胸と尻に反して想像以上に華奢《きやしや》な腰を抱きしめると、ゆかりは小さな喘ぎ声を上げた。

「ねえ、明日外で逢《あ》えない？」

ゆかりが潤んだ目で躊躇《ためら》いがちに孝司を見上げる。まるで、断わられたらどうしよう、と自分の言葉を後悔しているようだ。

その少し恥じらった様子に、孝司は、自分よりも十七歳も年上のゆかりを可愛いと思った。彼女ほどの有名人であり実力者が、一人のただの女に戻っている。普段の自信たっぷりに振舞う彼女とはまるで別人のようなのも、新鮮な驚きだ。

「何時に、どこに行けばいい？」

孝司は彼女を抱き寄せ、耳元で囁《ささや》くように尋ねた。

「明日は夕方まで仕事があるから、終わったら電話する。そうね、六時頃だと思うわ」

彼女がそういい終えた時、丁度《ちようど》エレベーターが一階に着き、ドアが開いた。

エレベーターを降りると、孝司は通りでタクシーを止めてゆかりを乗せてやる。振り返って手を振り続ける彼女を乗せて、タクシーは雑踏を掻《か》き分けながら走り去り、孝司はそれが見えなくなるまで見送った。

「よしっ！」

ゆかりが去ったあと、通りで小さくガッツポーズを作った孝司は、笑顔で店内に戻っていった。

4

翌日、五時頃にベッドから抜け出した孝司は、急いでシャワーを浴びて身支度を整える。ゆかりを確実に摑まえるべく、最も気に入っている服ばかりを選んで身に着けた。

身支度が終わると、何をするにも中途半端な時間が余り、弾くともなくギターを爪弾《つまび》いていると携帯が鳴った。

「今、仕事が終わったの。聖也クン、もう出られる？」

「ええ。すぐにでも」

「じゃあ、青山《あおやま》まで出てこられるかしら。いいお店を知ってるの」

孝司は、詳しい場所を聞いて、三十分後に約束し、タクシーを拾って待ち合わせ場所に向かった。

タクシーを降りると、すぐ後ろに駐車していたアウディから短くクラクションが鳴った。

ウインドウが下がり、ゆかりが手を振りながら顔を覗かせる。車道側に廻って助手席に滑り込むと、いきなり引き寄せられてゆかりが唇を押し付けてきた。

舌が伸びてきて、孝司の口の中をうねりながら蹂躙《じゅうりん》する。

すでに辺《あた》りは薄暗く、ウインドウにもグレーのフィルムが張られているため、外から覗《のぞ》かれる心配はない。

孝司もゆかりを抱き返し、彼女の舌を吸いながら、手触りの良いシルクのブラウスを豊かに盛り上げている胸に手を伸ばしていく。

ブラジャーの感触ごと乳房をぐっと摑むと、ゆかりが熱い吐息を漏らしながら、孝司の股間を弄《いじ》ってきた。

(このままじゃ、ココで始まっちまいそうだ……)

さすがに、最初の店外デートで、逢っていきなりこんな時間から道端でセックスというのも無粋だろう。

そう思った孝司は、股間で蠢く手を握り、指を絡めた。

そこで、ようやくゆかりも我に返ったのか、手は握り合ったまま、唇を離して一息ついた。

「ごめんなさい。私ったら、つい。そうよね、いきなりこんなところでなんてね」

ゆかりは笑いながら、前に向き直って衣服の乱れを直した。

「お店を予約してあるの。行きましょう」

車を降りたゆかりは、洒落《しゃれ》たビルの一階にあるイタリアンレストランへと入っていった。

「ここはね、本当に良い食材を使ってるのよ。特にお野菜なんてビックリするくらい美味《おい》しいんだから」

フードコーディネーターの彼女がそう言うだけあって、出てくる料理はどれも、孝司が初めて経験するような旨《うま》さだった。

しかし、食事をしながら驚いたのは、何よりもゆかりに対してだった。ゆかりはクラブで見せるものとは大きく違った、上品な貫禄がある。さっきの車での痴態など嘘のようだ。

「ゆかりさん、ウチの店に来てくれる時とは全く雰囲気が違うなぁ」

「うふふ。そう？　だってホストクラブには楽しみに行ってるんだもの。そんなところで気取ってみてもしょうがないでしょ？　それにね、私みたいに人に会ったり見られたりすることの多い仕事をしてると、その場その場で自分の見せ方を変えるのが癖《くせ》になっちゃうのね」

そんなモンなのか……、と孝司は改めて感心した。

(この人には、いったいいくつくらいの他人に見せる仮面があるんだろう?)

そんな事を考えていると、テーブルの下でゆかりの足が彼の脛《すね》の辺りを撫《な》で上げた。

「それにしても、聖也クンは意地悪なのね」

上目遣いに少し拗《す》ねたような表情で、ゆかりが孝司を睨む。

「どうしてです? 僕、何か気に障《さわ》るようなコトしました?」

「だって、何度通っても、あまり私に興味なさそうなんだもの。こっちは『貴方が好き』って、恥ずかしくなっちゃうほどアピールしてるのに」

恨《うら》めしそうな表情で、ゆかりが孝司の脛を突いた。

「私って、魅力ない? 自信なくなりかけちゃったわ」

「そんな……。僕だってゆかりさんのこと好きだったから。下手なことして僕の勘違いだったら恥ずかしいし、嫌われでもしたら、もう逢えなくなっちゃいそうで……」

孝司は、訴えるような目でゆかりを見つめた。

「本当に? ホストの嘘なんじゃないの?」

「そんなふうに見えますか? 僕、滅多なことでは店外でお客さんに逢ったりしません。

それは誰に聞いてもらってもイイですよ。今日はゆかりさんだから」

「そう言われると、たとえ営業でも嬉しいわ。じゃあ、行きましょう」

女は、ナプキンを畳むとテーブルを立ち、孝司もそれに続いた。


ゆかりは、車を渋谷《しぶや》へと向け、当たり前のようにラブホテルの門を潜る。

ホテルの中でも、絶えずゆかりがリードしていった。パネルから部屋を選び、料金を支払って鍵を受け取ると、スタスタとエレベーターに向かう。

エレベーターの中では、ゆかりはキスこそ求めてこなかったものの、無言のまま孝司にしがみついてバストや腰を擦り付けてきた。

二人はもつれ合うように部屋に転げ込んだ。

ドアを閉めるや否《いな》や、ゆかりはぶら下がるように孝司の首に抱きついて唇を合わせてくる。

一緒にベッドに倒れ込み、荒々しくゆかりの胸を揉みしだく。

「あふぅっ」

ゆかりが、ようやく長いキスから唇を離して喘いだ。

もう充分過ぎるほど興奮しているゆかりは、それだけで昇り詰めてしまいそうな様子だ。

　女の首筋に唇を這わせながら、ブラウスのボタンを外す。片手を背中に回すと、ゆかりは身体を浮かせて孝司に協力した。

　ブラウスを脱がせ、肌触りの良いシルクのブラを取り去ると、充分に張りのある大きな乳房が現われた。

　柔らかく、それでいて形の良いオッパイは、締め付けられていた緊張から解き放たれた解放感に、プルプルと波打ちながら、彼女の荒い息遣いに合わせて大きく上下している。

　孝司は、それを摑み締め、激しくむしゃぶりついた。

　頂点に固く実を結んだ濃紅色の蕾《つぼみ》を、舌先で舐め転がす。

「あぅン……。聖也クン……」

　ゆかりが、甘い声で鳴いて孝司の頭を搔き抱《いだ》いてきた。

　孝司は、乳房全体にゆっくりと舌を這わせて舐め回し、時折乳首を責めながら、手はさらにスカートを脱がせにかかる。

　ゆかりは腰を上げて孝司を助けながら、自分も孝司のベルトを外しにかかった。

　お互いにパンツ一枚の姿になっても、ゆかりは身体を隠そうともしない。

「ゆかりさん、きれいだ……！」

孝司が感嘆した。

実際、それはお世辞《せじ》でもなんでもなく、ゆかりの身体は見事に美しかった。大きく張りがあって、寝てもさほど形の崩れないバスト。滑らかに平たい腹と細く引き締まったウエストには、余分な肉は一切付いていない。そこから続くヒップもバンッと張って固く締まったまま、茂みを高く浮かせている。

肌も滑らかで艶《つや》があり、とても自分より十七も年上の三十八歳の女とは思えなかった。エステやジムに通って、金と努力で磨き上げた身体なのだろう。

思わず見惚《みと》れていると、ゆかりが身悶《みもだ》えしながら孝司を呼んだ。

「聖也クン！　焦らさないで早く来て！」

孝司が改めてゆかりに身体を重ね、濃密なキスのあと、スッと下に下がった。

むっちりとした真っ白い太ももを割り開くと、よく手入れされた濃い目の茂みの中に、すでにたっぷりと露を含んで照り光ったクレバスが現われた。淫靡で濃密なメスの香りが立ち上ってくる。

孝司が顔を寄せると、ゆかりは腰を上げて股間を突き出してきた。

濡れ光ったラビアをしゃぶると、うっすら塩《しょ》っぱい愛液の味が口の中に広がった。

舌先がクレバスを割り、上に向かって舐め上げ、クリトリスに行き着く。

ゆかりが「ああっ」と言う声とともに、ピクンと身体を跳ね上げた。

充分に勃起し、充血でバラ色に輝く肉の芽を、孝司は丹念に舐め転がしてやる。

「ああ、聖也。気持ちいいわ！　ビンビンきちゃう」

孝司は、ゆかりのクリトリスを包む包皮を剝《む》いて、固く尖らせた舌先で、優しく、時に強く、緩急をつけてリズミカルに刺激した。

さらに、わざとじゅるじゅると派手な音を立てて愛液を啜《すす》ってみせる。

「ゆかりさんのジュース、美味しい。どんどん出てきてますよ」

「イヤ。そんな恥ずかしいこと、言わないで」

ゆかりが身を捩《よじ》る。

先日のエレチュー以来、恐らくゆかりはMだろうと踏んでいた孝司は、先ほどオッパイをキツく摑んだ時の反応で、それを確信に変えていた。普段強気で肩肘を張っている女ほど、ベッドではMであることが多い。

いやらしい言葉を投げかけながら、ラビアを舐《ねぶ》り、クリトリスを突き回すと、ゆかりは大きな声で喘ぎながら身悶えた。

孝司は、クンニリングスを続けながら、手を伸ばして女の乳首をキュッと摘《つま》んでやった。

「あふっ!!」

ゆかりが呻《うめ》き、身体を硬直させる。

あっけなくイッてしまったゆかりを、孝司はさらに責め立てる。

「ほら、ゆかりさん。そろそろココに何か入れて欲しいんじゃない？」

「うん。うん、入れてっ」

「何を？」

「イヤ。意地悪言わないで」

「そう？　じゃあ、コレ」

孝司はそろえた中指と薬指を、ゆかりのヴァギナに滑り込ませた。

「あぁぁぁぁっ」

まだ、裕子を悶絶させたあの奥の手は使わずに、普通にピストン運動を繰り返す。

しかし、それだけでもゆかりの声は一オクターブほども跳ね上がり、ヴァギナはキュウ、キュウと収縮して指を喰い締めてきた。

（こんなに良く締まるオ●ンコ、初めてだ）

孝司は、内心舌を巻いた。

「ほら、聞こえる？　ゆかりさんのアソコ、くちゅくちゅ音がしてる。いっぱい濡れてるからなぁ……」

「ダメぇーっ、恥ずかしい！」

ゆかりは、まるで少女のように顔を手で隠してイヤイヤをするように頭を振った。

「ほら、隠さないで顔を見せて下さい。感じてる時のゆかりさんって、本当にキレイだ」

そう言いながら、愛液を掻き出すように抽送する指先を曲げて、わざとぬちゃぬちゃグチュグチュと音を立てる。

「ああっ、あぁぁぁぁ。またイクっ」

ゆかりが、ピーンと、さっきよりも大きく仰け反りながら固まった。

孝司は、ヌルヌルに濡れた指で、再びクリトリスを捏《こ》ねるように刺激する。

「やめてやめてやめてぇぇぇーっ！」

泣き叫び、暴れんばかりに身を捩ったゆかりが、またしても身体を硬直させ、

「ぐぐぐ……」

と、声にならない呻きを漏らして痙攣した。

髪は振り乱れ、美貌が快感に歪《ゆが》んでいるが、それでもゆかりからはどこかしら気品が感じられて美しかった。

ゆかりの息が整うのを待って、孝司は覆い被《かぶ》さっていった。

孝司の固く屹立したモノは、あてがうだけでスルリと呑み込まれた。

「はうっ……」

ゆかりが息を呑み、身体を強張《こわば》らせる。

幾度も幾度も絶頂を迎えてこの上なく敏感になっているゆかりは、孝司のモノが進入してきただけで、えもいわれぬ快美感が全身を貫いた。

「あぁぁぁー、だめだめ。もうイッちゃいそうよ！　恥ずかしい！」

また顔を隠そうとするゆかりの手を摑んで、ベッドに押し付ける。まるで女を押さえつけてレイプするような体勢になった。

「ねえ、この格好って、俺が無理矢理ゆかりさんを犯してるみたいだ」

「ああっ、もっと突いて！　お願い、もっともっと激しくしてっ！」

ゆかりは、本当にレイプされているかと思えるほど、激しく身体を捩って波打たせ、髪を振り乱しながら歓喜に泣き叫ぶ。

しかし、そんな上半身とは裏腹に、下半身はしっかりと両足を男の腰に絡み付け、孝司のモノが離れぬようにして激しく腰を振っている。

「聖也！　聖也……、聖也……！」

うわ言のようにそう叫び続けるゆかりの蜜壺の中は、キツく孝司を締め付けながら、まるで男根をしごくようにグイグイと蠢いた。

それからも何度かゆかりを絶頂に押し上げてから、孝司はゆかりに抱きしめられ、彼女の中で果てた。

しばらくは二人で大の字になって荒い息を整え、ゆかりは孝司の腕を枕にして胸にすがり付いてきた。

「ねえ、聖也はいつもあんな激しいセックスするのかしら？　これじゃあ身体が保《も》たないわ」

そんな恨み言を言いながらも、ゆかりは幸せそうだ。

「聖也って、普段はどんなコなのかしら」

孝司に寄り添うような体勢でありながらも、ゆかりの物言いや態度は、またしっかりした年上の女性のものになっている。

「俺、夢があるんだ。ホストはアルバイト。バンドでメジャーデビューして音楽の世界でトップが獲《と》りたいんだ」

孝司は、インディーズとしては有名なんだ、とバンド活動のことを話して聞かせた。

「そうだ。ゆかりさん、今度ライブに来てくれませんか？　俺のギター、ゆかりさんに聴《き》いて欲しいなぁ」

「あら、私みたいなオバさんが行ってもいいのかしら」

ゆかりがそう言って笑ったが、その自信に満ちた笑顔は、自分が決してオバさんなどに見えないことを知っている顔だ。

「ゆかりさんのどこがオバさんなんです？　そこらの女のコより全然美人だし、若いじゃないですか。俺、ゆかりさんのためにギターを弾きますよ」

「じゃあ、次のライブにはぜひ行かせてもらうわ。デビューのことなら力になってあげられると思うし」

その日はゆかりと夜中まで過ごし、三度身体を交えた。もちろん、あの性豪の裕子さえ悶絶させたテクニックも、出し惜しみせず使ってゆかりを失神状態にまでさせた。

ゆかりは、形だけ同伴出勤したが、激しいセックスの疲れであまり酒も呑まずに早々に帰っていった。

翌日の夕方、孝司は携帯の着信で起こされた。相手は高樹裕子だ。

「昨日は上手くやったみたいね」裕子が笑う。「今日、彼女と打ち合わせがあったんだけど、目の下にすごい隈《くま》があったわ。それなのに、妙にテンションが高いの！　これは孝司と上手くいったな、ってピンと来たわ」

「ああ、裕子には感謝してるよ。でも大丈夫？　妬けるか？」

孝司が少々心配そうな声を出した。やはり、孝司にとって、裕子は他の女とは違う存在なのだ。

「まあ、ちょっとね。でも大丈夫よ。あなたを独《ひと》り占めするつもりもないし」

裕子があっけらかんとした声で言う。

「ならイイんだけどさ。ま、なんにせよ、俺のパルプストーリーの第二章が始まったみたいだぜ」

揺れない乳房

八神淳一

著者・八神《やがみ》淳一《じゅんいち》

一九六二年生まれ。大学卒業後上京し、主にアダルト雑誌の編集に携わる。その後、フリーとなり出版不況の荒波にもまれつつ現在に至る。「活字でなくては表現できないような刺激を」と熱く語る。二〇〇五年春、「小説NON」誌にAV女優のせつない思いを描く「花唇」で初登場した。

1

美咲《みさき》は女上位が好きだ。

今も、隆之《たかゆき》の腰の上に大胆に太腿《ふともも》を開いて跨《また》がり、のの字を描くようにくびれたウエストをうねらせている。

その動きは、とても悩ましく、美しい。

「感じるように動けるのが好きなの」

「感じ方を自分で調整できるのがいいの」

と美咲は言う。

隆之も女上位が好きだ。まわりでよく耳にするまぐろ男というわけではない。下から見上げる美咲のバストが絶品なのだ。

美咲はとてもスレンダーだ。手も足も、モデルのようにほっそりとしていた。それでいて、カットソーを脱がせ、ブラを外すと、驚くほど豊かにふくらんだバストがあらわれる。

はじめて、美咲のバストを見た時、そのあまりの大きさ、美しさに、感動したものだ。

大きいとはいっても、いわゆる爆乳ではない。Eカップくらいだろうか。細いから、Eカップでも G カップくらいに見えてしまうのだ。ようは、バランスの問題だ。いくら爆乳でも、お腹《なか》も爆発していては困る。まあ、そういうのが好きなやつもいるとは聞くが、隆之の趣味ではない。

美咲のバストは完璧なお椀《わん》型だ。しかも左右のふくらみが同じ大きさだった。たいてい、利《き》き腕の関係でよく使う側の乳房が若干《じゃっかん》大きくなりがちだ。

乳首も淡いピンク色をしていた。普段は、薄いピンクの乳輪に埋まっていて、隆之が舌で突くと、ツンとがってくるのだ。

女の子と付き合う時、バストで好きになることはあまりないと思う。

顔が気に入ったり、気があったり、雰囲気がよかったり、趣味が同じだったりして、だんだんと好きになっていくものだろう。

もちろん、希望はあるだろう。巨乳好きであれば、できれば、バストが大きな子と付き合いたいと願うだろうが、現実には、バストの大きさだけで付き合う相手を決めることはないと思うし、実際、服の上からだけでは、その子がどれだけの大きさのバストの持ち主なのか、正確なところを測《はか》ることはできないのだ。

最近のブラジャーはかなり狡猾《こうかつ》にできていて、ある程度のふくらみがあれば、それを何倍も豊かにして見せることができる。

だから、現実には、女の子が好きになって、相手もこちらに好意をもってくれて、何度かデートをして、いざエッチという時になって、女の子がブラジャーを外して、真の大きさがはじめてわかるのだ。

隆之もできれば巨乳の女の子と付き合いたいとは思ってはいたが、スレンダーなタイプが好みだったから、実際付き合う女の子にはバストは期待していなかった。

大学三年になるまで、美咲をのぞいて三人の女の子と付き合ってきたが、どの子もBカップだった。

同じ大学の文学部に通《かよ》う美咲の場合も、最初はモデルのようなスレンダーな肢体《したい》が好みで、付き合いはじめた。

街を歩いていると、すれ違う女性の胸元の隆起に自然と目がいくが、ガールフレンドとして付き合うことになると、意外とバストのふくらみには注意しなくなるものだ。

もちろん、まったく見ないわけではないから、なんとなく、Cカップくらいはあるかな、という漠然とした感想はもっていた。

だから、美咲が隆之の部屋に泊まることになり、シングルベッドの上で、ブラを外した時、たわわに実ったバストを見た瞬間、すごいっ、と心の中でうなっていた。

しかも、乳首はピンクで、まさにパーフェクトだった。

たとえ、美咲のバストがあまり大きくなくても、乳首がピンクでなくても、それで嫌いになることはない。

でも、予想以上に大きく、しかも乳首が桜の花びらのような色をしているとなれば、なにがあっても絶対別れないぞ、と男なら誰でも思うだろう。

隆之も美咲と迎えたはじめての夜、一人心の中でそう誓っていた。

それから、美咲のバストを見るたびに、なんて俺は幸せものなんだ、と思っていた。

けれど、今、隆之は不審の眼差《まなざ》しで、美咲のバストを見上げていた。

いつもなら感嘆する、なんともいえない底が持ち上がった曲線も、うらめしく見えてしまう。

「どうしたの」

「えっ」

美咲がこちらを見下ろしている。腰のうねりは止まっていた。

「なんか、今日の隆之、変だよ」

「そうかな」

「気持ちがはいっていないっていうか」

「そんなことないよ」

「そんなことあるよ」

美咲がそう言ったと同時に、美咲のあそこから、隆之のペニスが飛び出してきた。

唯一の支えを失ったように、美咲がこちらに倒れ込んでくる。

甘い息がかかった。美咲の息はいつも甘く、興奮すると、とても濃密になってくる。

完璧な形をしたバストが、隆之の胸板に押しつぶされている。

「他に好きな子でもできたの」

「まさか」

「じゃあ、なに、これ」

と美咲が半立ち状態になっているペニスをつかんできた。それは、先端から付け根まで、美咲のラブジュースでぬめっていた。

「いや、ちょっとね」

「なにが、ちょっとなのっ」

とぎゅっとつかんできた。

その日の昼間——学生食堂で高岡《たかおか》といっしょになった。同じ法学部だった。

隆之はカレー、高岡は今日のランチBだった。しばらく黙ったまま食べていたが、ある程度空《す》き腹が満たされてくると、高岡が話しかけてきた。

「今度デビューした中内華美《なかうちはなみ》」

「ああ、中内華美ね」

高岡は無類のアダルトDVD好きで知られていた。

「すごい乳だよな」

Gカップの爆乳が、デビュー作のDVDのパッケージの半分以上の面積を占《し》めていた気がした。

「あれ、偽乳《ぎにゅう》だぜ」

「まじかよ」

「だってさあ、ぜんぜん揺れないんだぜ」

「揺れないの？　あの爆乳が」

「そう。ぜんぜん。男優がいくら突いても、まったくびくともしないんだぜ」

「へえ、がっかりだな」

「少しくらいは揺れて欲しいよな。いくら偽乳でも」

高岡と会うとたいてい、アダルトDVDの話になる。

月に二〇枚は見る高岡ほどではなかったが、隆之もよく、セルのアダルトDVDを主にネットで買っていた。

アダルトビデオの世界はモザイクが大きなレンタル市場から、極小のモザイクを誇るセル市場へと移っている。

数年前まではインディーズといわれたセルのアダルトメーカーが、今は業界を支配している。

AVを買う時は、普段はさほど女性のバストの大きさは気にしない隆之でも、当然、AV女優のバストの大きさをチェックしてしまう。

いくら可愛くても貧乳だと、商品をカゴに移すボタンをクリックするのを、ためらってしまう。

それでいて、巨乳だと、そんなにタイプな顔じゃなくても、購入してしまう。

高岡はかなりの巨乳好きで、乳がでかければ、それだけで買っていた。

「最近さあ、入《い》れ乳《ちち》が多いよなあ」

「そうなのか」

「そうだよ。立花《たちばな》あすかも、入れ乳だぜ」

「へえ、あの子もそうなのか。綺麗《きれい》なおっぱいしているよな。細いのに、けっこうでかいから、今度買ってみようかな、と思っていたのに、入れ乳じゃなあ」

「そうだろう。いくらでかくても、入れ乳じゃ、興醒《きょうざ》めだよな」

「里中玲奈《さとなかれいな》はどうなんだい」

と隆之は恐る恐る聞いてみた。

「あれも入れ乳だよ」

と高岡があっさりと、隆之を絶望の底へと落としてくれた。

「うそだろう。あの子はそこそこ揺れるような気がするけど」

隆之は里中玲奈のファンで、彼女のアダルトDVDは四枚も持っていた。

スレンダーなのに、けっこう巨乳、というのが彼女の売りだったし、隆之自身、そこに惹《ひ》かれていたのだ。

「でもさあ、横になった時、まったく脇に垂れないだろう。それって、やっぱり、自然の摂理《せつり》に反しているじゃないか」

「自然の摂理」

「そうさ。Fカップくらいの巨乳なのに、横になって脇に肉が移動しないのは、変だろう」

「変かな……」

「変さ」

「他に、なにか見分け方とかあるのかい」

「そうだなあ。やっぱり、突かれた時に揺れないのは怪しいよね。それに、左右の形が同じなやつも怪しいよな」

「左右、同じか」

美咲のバストがそうだったことを思い出した。

「やっぱり、微妙に大きさは違うものだろう。自然なものなら」

「自然ねえ」

「だいたい、おっぱいってさあ、脂肪じゃん。だから、細いのに爆乳なんて、やっぱり無理があるんだよね。爆乳の子はやっぱり、ぷよぷよしているはずだよね」

「まあな」

美咲は爆乳ではなかったが、細い割には、けっこうバストは大きい。

横になった時はどうだったか。脇に流れていただろうか。突いている時はどうだ？　きちんと揺れていただろうか？

アダルトDVDを見ている時は、バストの揺れを見るのが好きだったが、いざ、自分が主演となる現実では、そんなものはあまり見ていない。

隆之は美咲の泣き顔が好きだった。

ちょっとつらそうな、それでいて、気持ちよさにとまどっているような表情。喘《あえ》ぎ声を洩《も》らすのが恥ずかしいのか、ぐっと唇を噛むときの顔。

美咲とのエッチを思い出すと、そんな表情ばかりが浮かんできて、肝心なボディのほうは記憶になかった。

「どうした、佐々木《ささき》」

「えっ」

「なんか、顔色が悪いぜ」

「そうかい。でもさあ、みんな偽乳は嫌なのに、どうして事務所は大きくさせるのかなあ」

「やっぱり、でかい方が売れるからじゃないのかな。売り上げトップテンの常連の子は、みんな巨乳か爆乳だぜ」

「そうだよな。でかい方を買うよなあ」

「でも、偽乳は嫌なんだよなあ」

「なんか、わがまま言ってないか」

日本人の男性はナチュラル志向が強い。例えば、美容整形だって、彼女がやるのは嫌がるだろう。

でも、お隣の韓国では、美容整形なんてごく普通のことらしい。

彼女が二重《ふたえ》まぶたにしたい、と言っても日本人の男性は嫌がるのだ。いくら巨乳好きでも、貧乳の彼女があなたのために大きくしたい、と言っても、駄目だと言うだろう。

「それにさあ。好きなアダルト女優が偽乳だってわかっても、別に彼女じゃないわけだしね」

「まあな」

じゃあ、リアルな彼女が偽乳だとわかったら、どうしたらいいのだろう。

いや、なんてばかなこと想像しているんだ。だいたい美咲が豊胸手術なんかするわけないじゃないか。

「佐々木の彼女さあ」

「えっ……美咲のこと」

「そう。隠れ巨乳のような気がするんだけどなあ。実際のところどうなんだい」

「知るかよっ。おまえ、変なとこばかり見ているんじゃないよっ」

隆之は怒って席を立った。

高岡がつまらないことを吹き込むから、いけないのだ。

それから、美咲のバストのことばかり気になり、どうしても確かめたくなって、飲みに誘い、部屋に呼んだのだ。

キスのあと、美咲がカットソーを脱いだ。

パンパンに張りつめたブラジャーがあらわれる。美咲が少し恥ずかしそうに笑みを浮かべ、両腕を背中にまわした。

ホックを外すと、豊かにふくらんだバストがあらわれる。

いつ見ても完璧なお椀型をしている。左右、同じ大きさだ。

隆之は美咲のバストをつかんだ。

「ああ……優しくね……強いのは嫌だよ」

「うん」

どうして強く揉《も》んだら駄目なのだろうか。

今までは、美咲がまだ、男女のこういったことに慣れていないから、強く揉まれることを嫌がっていたのだと思っていた。

でも、もしかして、豊胸手術をしているから、強く揉まれるのを嫌っているのではないのか。

美咲のバストはかなり張っている。あまり柔らかくはなかった。ナチュラルじゃないか
らか……まさか……。
美咲をベッドに寝かせた。ここだ。ここが大事なポイントだ。
隆之は大学の合格発表の時以上に緊張して、彼女のバストのサイドを見た。
まったく垂れていなかった。見事なカーブを見せたまま、見えない糸で吊り上げられて
いるように、お椀型を保っていた。
入れ乳なのか。でもどうして、美咲が。
アダルト女優の場合は、バストを大きくさせた方が売り上げがよくなる、というわかり
やすい理由がある。
でも、美咲は単なる女子大生だ。頻繁《ひんぱん》に他人に裸を見せているわけではない。たぶん、
今は、隆之にしか見せていないだろう。
そんな彼女が、わざわざ豊胸手術をする理由がないじゃないか。
隆之は気を取り直し、パンティを脱がせていく。隆之は美咲のあそこを舐《な》めるのが好き
だ。美咲のあそこは、匂いがしない。だから、とても清潔な感じがする。
クリトリスをぺろぺろと舐めると、美咲の身体がぶるっとふるえる。
隆之はちらっと美咲のバストを見る。上半身がぶるっとふるえても、バストは揺れてい

ないように見える。

揺れろ。揺れてくれ。

隆之はいつも以上に熱心にクリトリスを舐めていく。

「あ、ああ……ああ……すごいよ……ああ、隆之……」

美咲の背中がぐっと反《そ》りあがっていく。

上半身が前後に動く。けれど、バストはパンパンに張りつめたまま、ほとんど動かない。

隆之は指を美咲の中に入れた。そこはぐしょぐしょにぬかるんでいた。

舌先でぴちゃぴちゃと美咲の蕾《つぼみ》を舐めながら、人差し指で女の蜜壺を掻《か》き回す。

「ああっ、ああっ、そんなにしちゃ、だめだようっ……」

美咲の身体ががくがくとふるえていく。でもバストは揺れなかった。

どうして揺れないんだよっ。

隆之は起きあがると、ペニスを挿入していった。不安な気持ちを反映してか、いつもより勃起力がなかったが、どうにか入れることができた。

美咲の腰をつかみ、最初から激しく突いていった。

「あっ、ああっ……ゆっくり……ああ、おねがい、もっと、ゆっくりして……」

美咲の訴えを無視して、隆之はベッドが軋《きし》むくらい強く突いていった。揺れろっ。ナチュラルなら揺れるだろう。それが自然の摂理だろう。揺れろ、揺れろっ。

「帰るね」

そそくさと服を着た美咲が、萎《な》えたままのペニスをちらりと見て、背中を向けた。女性上位の美咲から抜けてから、一度も大きくならなかった。

すでに終電の時間は過ぎていた。けれど、泊まっていけば、という言葉がどうしても出なかった。

2

隆之は自己嫌悪に陥《おちい》っていた。

美咲のバストが偽乳かもしれない、と疑って、彼女の中に入れているのに、小さくさせてしまうなんて、最低だと思った。

美咲が怒って帰るのも当然だ。

それに、万が一、偽乳であっても、それだからといって、美咲という女性が変わるわけでもない。

別に美咲のバストが好きで付き合っているわけじゃないのだ。

どっちでも、関係ないじゃないか。

でも、割り切れない。

脇に流れないバスト。突いて揺れないバスト。左右の大きさが同じバスト。

ピンク色の可憐《かれん》な乳首さえ、作り物のように思えてくる。

隆之は美咲が帰ったあと、里中玲奈のDVDを見た。確かに揺れなかった。確かにバストの形が綺麗すぎた。

偽乳だと思ってみると、そうとしか思えなくなっていた。

美咲の美乳が偽物だなんて。そんなことはありえない。あんな童貞AV野郎のつまらない言いぐさに左右されるなんて、変じゃないか。

明日、電話をして、美咲にあやまろう。彼女の好きな焼き肉をおごろう。そうしよう、それがいい。

翌日、美咲に電話はしたが、会話がぎくしゃくしてしまい、焼き肉を誘う前に切られてしまった。

どうやら、美咲は隆之に他に好きな女ができたんじゃないか、と疑っているようだった。

隆之は、聞きたかった。

美咲のバストがナチュラルかどうかを。

でもそんなこと、聞けるわけがなかった。男性の体験人数を聞くほうが、よっぽど簡単だろう。

いったい、どうやって聞けばいいのか。

バストを愛撫しながら、これ本物だよね、と聞けばいいのか。即、別れることになるだろう。

それから、キャンパスを歩いていても、街を歩いていても、いつも以上に女性の胸元が気になった。

足を運ぶたびに揺れる胸元を見ると、

「ああ、ナチュラルだな」

と思い。

ツンと高く張り出しているのに、まったく揺れない胸元を見ると、

「入れているのか」

とばかなことを思ってしまう。

隆之の頭の中で、女性を判断する基準が、いつの間にか、入れているのか自然なままのか、という二つだけになっていった。

3

数日後の夜、隆之は居酒屋の座敷にいた。

人数合わせのために女子大との合コンに誘われていた。

テーブルを挟んで、向かい側に五人の女子大生が座っている。いつもなら、可愛いかど

うか、と真っ先に顔を見るのだが、隆之は胸ばかり見ていた。

一人、とびきり大きなバストをした女の子がいた。隆之はろくに顔も見ずに、その子に

アタックをかけていった。

真由美《まゆみ》と名乗ったその子は、全体的にむちむちしていた。半袖のブラウスから出ている

二の腕も、ぷりっと肉がついていた。

普段の隆之ならパスするタイプの女の子だ。

でも、入れ乳か自然な乳かしか頭にない隆之にとって、真由美の巨乳はひときわ輝いて見えていた。

なんせ、ブラウスのボタンが今にも弾《はじ》けそうなほどなのだ。

二次会でも、ほぼ真由美を独占し、口説《くど》き続けた。

一刻もはやく生のバストを見たかった。硬さを確かめてみたかった。横にして、乳房が流れるかどうか見てみたかった。

できれば、今夜、この巨乳とベッドインしたかった。

幸いなことに、真由美も隆之を気に入ってくれた。

二次会の後、隆之は真由美をラブホテルに連れ込むことに成功していた。

「いつも、こうやって、すぐにラブホなんかに行くわけじゃないんだよ」

ホテルの部屋に入り、熱いキスをしたあと、真由美が言い訳するようにそう言った。

隆之にとって、そんなことはどうでもよかった。むしろ、即ラブホに行く彼女に感謝していた。

キスをしながらブラウスのボタンを外すと、ブラに包まれた巨乳があらわれた。

ブラはハーフカップで、恐ろしく深い谷間がのぞいている。指を入れたら、そのまま呑《の》み込まれてしまいそうだ。

「すごいね。なにカップくらいあるの」

「Gカップくらいかな」

「へえ、ブラ買うの、大変なんじゃないの」

「ううん。今は、けっこう、お店に置いてあるの。バストが大きな子が増えてきたからじゃないのかな」

それは偽乳の女の子が増えてきているからか、と隆之は勝手に解釈した。

真由美が自分でブラジャーを取った。

すると、隆之の目の前で、Gカップのふくらみがゆったりと誘いかけるように揺れた。

隆之はその巨乳をつかんだ。隆之の手は大きなほうだったが、半分くらいは手のひらからはみ出していた。

五本の指をゆっくりと食い込ませていく。

柔らかかった。

マシュマロおっぱい、といったらいいのだろうか。五本の指がどこまでもめりこんでいくような感触だった。

これぞ、ナチュラル。

「ああ……もっと、強く……して……」

と真由美が熱いため息をつくようにつぶやく。美咲とはまったく逆だ。天然だから、強く揉んでもいいのだ。

隆之はここぞとばかりに、巨乳を揉みまくった。握力の限りを尽くし、豊満すぎるふくらみを揉みほぐし、こねくった。

「あ、ああ……ああ……」

乳首がぷくっととがっていく。それは、ピンクではなかった。

ピンクじゃないことに、隆之は感激していた。

そのままベッドに押し倒していった。

すると、Gカップのふくらみが、脇へと流れていった。かなり形自体は崩れていた。

これまでの隆之なら、ちょっとな、と失望したところだろう。けれど今の隆之は、これぞ自然な乳だ、と興奮していった。

スカートに手をかけた。その時はじめて、お腹のまわりにもかなりの肉がついていることがわかった。

ぷよぷよしていた。まだ二十歳《はたち》なのに、だらしない、とちょっと思った。

フィットネスクラブに通っている美咲のお腹は引き締まっていた。一片の贅肉《ぜいにく》もなかった。

そんな美咲の平らなお腹を見て、触るのが好きなことを思い出した。

たまに、ゲストで隆之も美咲といっしょにフィットネスクラブで汗を流すことがあった。

タンクトップとショートパンツ姿で、バストアップのマシンを使う美咲を見るのが好きだった。

アップダウンを繰り返すうちに、剝《む》き出しの二の腕から鎖骨あたりにかけて、じわっと汗がにじみ出してくる。

そのうち、ツンと形良く張り出したタンクトップの胸元にも、汗がにじんでくる。

すると、バストの形が丸ごと浮かんでくるのだ。乳首も立ってきて、ぽつぽつまでわかってくる。

ほつれ毛が貼り付いた顔は、うっすらとピンク色に上気して、セックスしている最中の表情を想像させた。

真正面のマシンを使いながら、隆之はよく勃起させていた。

そのことに美咲は気づいていて、

「なんか、すごく濡れてきて、力が入らなくなっちゃうよ」

とフィットネスクラブを出たあと、頰《ほお》を赤くしてつぶやいていた。

「どうしたの、隆之くん。そんなにお腹を見ないでよ。恥ずかしいから」

真由美がぷよぷよなお腹を両手で覆《おお》うような仕草を見せる。

「あ、ああ」

隆之はスカートを脱がせると、再び、真由美の巨乳をつかんでいった。

手形が残るくらい揉みまくったあと、パンティを脱がせた。隆之も急いで裸になり、びんびんのものを入れていった。

「あ、ああっ……ああ、ああああっ」

真由美の乳房は突くたびに、重くゆったりと前後に揺れた。ただ、乳房だけではなく、お腹の肉も揺れていた。

「ああっ……いいよっ……ああ、気持ちいいよっ」

隆之は真由美のよがり顔はまったく見ずに、揺れる巨乳だけを見ていた。

4

「佐々木くんっ」

午後の講義がはじまったチャイムを耳にしながら、比較的空《す》いている学生食堂に入り、カレーを乗せたトレイを持って、どこに座ろうかとフロアの中を見回していると、女の子に呼びかけられた。

声がした方を見ると、美咲の友達の小島菜穂《こじまなほ》と谷川啓子《たにがわけいこ》が手を振っていた。

いつもいっしょにいる美咲の姿はなかった。

お詫《わ》びの焼き肉を誘いそびれてから、美咲にはメールさえしていなかった。美咲からも、一通のメールも来なかった。

もしかしたら、このまま、終わってしまうかもしれないな、と思いはじめていた。

隆之はトレイを持って、二人がいるテーブルに向かった。こんにちは、と差し向かいに座る。

自然と二人の胸元に目が向かう。

小島菜穂はTシャツを着ていた。上半身にぴったり貼り付くような、いわゆるチビTだ。だから、胸元がはっきりとわかる。

意外と大きいことに気づいた。

啓子の方は、ざっくりとしたシャツだ。だからよくわからない。たぶん、貧乳なはずだ。巨乳なら、どんな服を着ても、自己主張するはずだから。

「どこ、見ているのよ、佐々木くん」

「えっ」

「佐々木くんの目、なんか、エッチだよ」

「いや……」

あわててカレーのスプーンをつかんだ。美咲の友達の胸をじろじろ見ていたことに、冷や汗をかく。

「最近、美咲と会ってないから、溜《た》まっているんじゃないの」

と菜穂がからかうように言う。

「おい、女の子がそういうこと言うか」

「それってセクハラ発言だよ」

「溜まっているとか言う方が、よっぽどセクハラなんじゃないのか」

「ねえ、最近、美咲となにかあったの」

啓子が心配そうな目を向けてくる。

「いや、別に」

「会ってないでしょう」

「まあね」

「美咲、風邪でずっと寝込んでいるんだよ」

と菜穂が言った。

「そうなのか」

「そうだよ。お見舞いに行ってあげれば」

「そうだな」

好きな女の子が風邪で寝込んでいることさえ知らないなんて、俺はいったいなにをしているのだろう、と隆之は自己嫌悪に陥った。

「どう?」

「おいしいよ」

「そうだろう」

「でも、知らなかったよ。隆之にこんな特技があったなんて」

その夜、隆之は美咲が一人で住んでいるワンルームの部屋を訪ねていた。半袖でも汗ばむ陽気なのに、美咲はセーターの上からブルゾンを羽織《はお》っていた。

小さなテーブルには、百円ショップで買ってきた一人用の土鍋があった。隆之特製のお粥《かゆ》を、美咲がレンゲで掬《すく》って食べていた。

「ああ、熱くなってきたよ」

と美咲がブルゾンもセーターも脱いだ。

下はタンクトップだった。乳房の形が丸ごと浮き出し、ノーブラなのがわかる。

二の腕にも、胸元にも、ぎっしりと汗の滴《しずく》が浮いている。

「汗がすごいね。そのままだとやばいな。拭《ふ》いてあげるよ」

隆之は簞笥《たんす》からタオルを取りだした。

額や首筋、二の腕の汗を拭《ぬぐ》ってやる。

美咲はじっとされるがままにまかせていた。腫《は》れぼったい目がいつもよりセクシーに見えた。

「胸やお腹も汗かいているだろう」

「うん」

「全部拭かないと、駄目だな」

そう言って、隆之は汗を吸って上半身にべったりと貼り付いているタンクトップを脱がせにかかった。

美咲は少し恥ずかしそうにしたが、両腕をバンザイするようにあげて、脱がされるのに協力した。

バストがあらわれた。いつ見ても、綺麗なお椀型だ。淡いピンクの乳首は乳輪に埋まっている。

隆之はお腹の汗を拭い、鎖骨の汗を拭い、そして、バストの谷間に浮いている汗の滴をタオルで拭き取った。

美咲の汗の匂いは、甘ったるく、隆之は勃起させていた。こんな時勃起させるなんて獣のような気がしたが、風邪を引いた美咲のフェロモンが強すぎるのがいけないのだ。

隆之は思わず、美咲のバストをつかんでいた。

あっ、と美咲が声を出す。

「柔らかくなっているね」

偽乳疑惑のもとの一つだった、いつものパンパンとした張りがなかった。

「やっぱりね」

「やっぱりって」

適度な硬さと適度な柔らかさを感じられる美咲の乳房は、最高の揉み心地《ごこち》だった。隆之は美咲のバストから手を離せなくなっていた。

「フィットネスクラブを休んでいるからよ」

「フィットネスクラブ……ああ、そうか……あのバストアップのマシンを使っていないからか」

「そうだよ。さぼると、すぐに身体にあらわれるんだよね」

「でも、俺はこっちのほうが好きかな」

と隆之は両手で左右の乳房をつかんでいた。

「そう？」

「パンパンに張っているより、ちょっとだけ柔らかいほうがいい感じだよ」

「あ、ああ……そんなに揉まないで……なんか、変な気分になってきたよ」

美咲が熱いため息を洩らすと同時に、乳首がぴくっと頭をもたげてきた。

「このオッパイ、いいよ……」

と隆之は美咲を倒していった。

「ああ、どうしたの、隆之……」

いつもは見事なお椀型を維持していたバストが、今夜は脇の部分が少しだけ流れていた。

「よかった」

隆之は思わず安堵《あんど》の声をあげていた。

「なにがよかったの、隆之」

「いや、なんでもないよ」

「もしかして、私のおっぱいがナチュラルじゃないかもしれないって、疑っていたんじゃないの」

「いや、そんなこと、ないよ……」

「いろいろ、噂《うわさ》を聞いているんだ」

「噂って、なんだよ」

「合コンで、隆之のタイプじゃないはずのぽっちゃりした巨乳の女の子をお持ち帰りしたとか、学食で菜穂や啓子の胸ばかり見ていたとか」

「えっ」

「みんなメールで教えてくれるんだよね」

「あいつら……」

「証拠を見せてあげる」

「証拠?」

「そう。私さあ、中学の頃とか、ほんと胸なくてさあ。ぺったんこで、水泳の授業とか修学旅行とか嫌だったんだ」

「女の子同士でも、比《くら》べたりするの?」

「あからさまにはしないけど、なんとなく、横目で見たりするじゃない。美人だけど胸ないのね、とか、可愛くないけど、胸はすごいよね、とか。すごく着やせする子とかいたり」

「そうなんだ」

「だから、胸がないことがすごくコンプレックスだったんだけど、高校二年になったくらいから、日に日にふくらんでくるようになったのね」

「日に日にっていうのは大げさなんじゃないのかい」

「いや、大げさじゃないの。夜寝て、朝起きると、昨日より大きくなっているの」

「本当かよ」

「そうなの。大きくなる時はそういうものなの。私うれしくなって、記録の写真を撮りはじめたの。デジカメだから、できるってやつだよ」

そう言うと、美咲は起きあがり、パソコンの前に向かった。下はジャージで上は裸なのが、なんともそそられる。

隆之はパソコンの前に座った美咲の背後に移動し、背中越しにバストをつかんだ。

「もう……」

と言いながらも、美咲はバストを隆之にゆだねている。

美咲がピクチャフォルダを開く。

「これ、ふくらみかけた最初の頃ね」

上半身裸で横を向いた美咲の身体が映っている。十七の頃の美咲だ。

確かに、胸元のふくらみは女の子の手のひらでおさまりきるようなものだった。

美咲が次々と写真をディスプレイに出していく。

すると、どんどんと美咲のあらわな胸元がふくらんでいくのがわかる。

「すごいね」

「そうでしょう」

Bカップがcカップに、そして瞬《また》く間にDカップへと大きくなっていく。

「これが高三の秋くらいかな」

真正面から撮った写真に変わった。

十八の頃の美咲の乳房は、今よりひとまわり小さめだった。すでに完璧なお椀型だ。

「じゃあ、大学に入ってから、ひとまわり大きくなったんだね」

「そうなの……でも、この写真の頃からちょっとお腹に贅肉《ぜいにく》がつきだして、それが嫌でフィットネスクラブに通うようになったんだ」

「なるほど」

「ああ、なんか今になって、恥ずかしくなってきたよ」

美咲は隆之の手を払って、両腕で剝き出しのバストを抱きしめた。

美咲は真由美とは違って、プロポーションの維持にとても気を使っていたのだ。それゆえ、バストアップのマシンを使い過ぎて、バストがパンパンに張るようになったのだ。鍛錬のたまものの張りのある乳房を、偽乳だなんて勘違いするなんて、俺はなんてばかなんだろうか。

「あっ、すごく硬くなっているよ」

美咲がジーンズの股間を撫でていた。ジッパーを下げると、中からこちこちになっているペニスをつまみ出してきた。

「なんかすごいね。この前とは違うよ」

「悪かったよ」

「いいんだ」

はにかむような笑みを向けると、美咲が隆之の股間に顔を埋《うず》めてきた。こちこちのいちもつが、温かな粘膜に包まれていく。

「ああ、美咲……いいのかい……また、熱が出るぞ」

「もっと、汗をかかせてよ、隆之」

美咲がジャージとパンティを脱いで、生まれたままの身体を晒《さら》した。

隆之はあわてでなにもかも脱ぎ捨てると、あらためて、美咲をベッドに押し倒した。

すると、ゆったりと乳房が揺れた。

隆之はわしづかみにすると、めちゃくちゃに揉みほぐした。

「ああ、優しくして……ああ、優しく……」

「今夜だけは、力いっぱい揉ませてくれよ、美咲」

「いいよ……ああ、隆之の好きにしていいよ……ああ……」

白いふくらみに、隆之の手形がついていく。どれだけめちゃくちゃに揉みほぐしても、手を離すと、完璧なお椀型に戻る。

隆之は痛いくらいに勃起させたペニスを、美咲の中に入れていった。

ウエストをつかみ、最初から強く突いていった。すると、ゆったりと美咲の乳房が前後に揺れていく。

もっと揺らしたくて、隆之はぐいぐい突いていった。

「ああ、激しいよっ……ああ、すごい、すごいよっ」

みしみしとベッドが軋む。あらたな汗が美咲の乳房の谷間に浮き出してくる。

「ねえ、上になっていいかな」

恥じらうように、美咲が聞いた。

　隆之は深く美咲と繋《つな》がったまま、上体を倒していった。テコの原理で美咲の上体がぐっと浮き上がってくる。

「ああ、すごいよ、隆之……」

　隆之は美咲の美乳に見惚《みと》れていた。底がぷりっと持ち上がったふくらみは、神の最高の創造物だと思った。

　それを、隆之は下から手を伸ばし、つかみあげると、めちゃくちゃに揉みほぐしはじめた。

「ああ、ああっ……隆之っ」

　美咲がのの字に腰をくねらせながら、はやくもいきそうな表情を見せていた。

マジックミラー

白根　翼

著者・白根《しらね》　翼《つばさ》
「東京ＳＥＸ」「金曜エンターテイメント」など、人気ドラマ、バラエティー番組を数多く手がける放送作家。「笑いもあって、しかも官能度が高い作品を書いていきたい」と語り、本作で小説の世界にデビュー。一九六三年、秋田県生まれ。

重力に逆《さか》らって、ツンと上向《うわむ》いた乳房を、潤治《じゅんじ》はすくい上げるように揉《も》みしだいた。しなやかな弾力を確かめながら、指先で乳首を小刻《こきざ》みに弾《はじ》く。

美香《みか》は、微《かす》かな声をあげて、ベッドの上で身をくねらせた。豊かに熟《う》れきった乳房が、ぶるぶるっと淫《みだ》らに揺れ動く。

むっちりと脂《あぶら》がのった白い肌と、肉感的で丸味を帯びた体の線からは、女盛りの色香が漂《ただよ》っている。決して美人ではないが、切れ長の一重瞼《ひとえまぶた》が印象的な、凛《りん》とした顔立ちの三十歳。職場で知り合った一つ年上の恋人だ。

潤治は、身を重ねて、豊満な双丘に顔を埋めた。じんわり汗ばんだ柔肌《やわはだ》から、濃厚なミルクの匂いが発散されてくる。薄茶色に色づいた乳輪の先を、丹念に舐《な》め転がすうちに、乳首は舌を弾くほどに堅《かた》く尖《とが》ってきた。

「……あ、ああっ」

美香が、狂おしく顎《あご》を突き出しながら、潤治の髪を掻《か》きむしるように撫《な》で上げた。

「……潤治、来て」

潤治はあえて聞こえないふりをし、舌先を、胸から下のほうへ、ゆっくり這《は》わせようとした。

「どうして、じらすの？」

「い、いや……」

〝こちらの思惑を悟られたのだろうか……〟

今宵《こよい》は美香をできるだけ絶頂に近づけてから挿入に移行したかった。交際一ヶ月、潤治のアパートで、幾度となく肌を合わせたが、一度も彼女を絶頂に導けぬまま、潤治の肉棒は暴発を繰り返していたのだ。

美香が、潤治の股間をそっと盗み見た。すでに肉棒は、包皮が剝《む》けきる程に猛《たけ》っていた。

「フフ……準備万端ね」

潤治の姑息《こそく》な考えは、見抜かれていたようだ。

美香が潤治の指をギュッと握って秘園に導いた。漆黒《しっこく》の茂みは、ひんやりするほど愛液で濡れそぼっていた。

美香がゆっくりと長い睫毛《まつげ》を閉じた。口元には微笑《ほほえ》みさえ浮かべている。

……今夜は、愉《たの》しませてくれるわね。

そんな無言の重圧を感じた潤治は、しっかりと肉棒を握りしめ、白い太腿の間に入った。亀頭で肉びらを丸く押し広げながら、中へ滑《すべ》り込む。ジュルっと淫猥《いんわい》な音が鳴った。

「……ああ」

美香が喉元から、呻《うめ》きに似た低い声を発し、丸い腰をピッタリと密着させてきた。

蜜壺から湧き出る粘っこい愛液が、亀頭を奥まで招き入れる。厚い肉の襞《ひだ》が、肉棒全体に吸いつくように絡んでくる。海綿体に早くも熱い疼《うず》きが走った。潤治は唇を嚙みしめ、まずはゆっくりと抜き差しを始めた。

「あっ、あっ、あっ」

もどかしさに耐えきれず、美香の方が激しく腰を打ち振ってきた。〝もっと深く、強く〟と懇願するかのように、太腿をひらき、豊かな白い腰を、淫らに揺さぶり回してくる。

黒髪を振りたて、ベッドから枕がズレ落ちたのも気にせず、貪欲《どんよく》に悦楽を求め続ける姿は、仕事でも決して妥協をしないキャリアウーマンの別の顔だった。

美香の期待に応えたい！

潤治は腰を激しく突き動かしながら、美香の敏感な乳首をもう一度指で懸命に弾いた。

「ああっ。いいいっ」

美香の顎が上がってきた。紅《べに》が剝《は》がれかけた唇をだらしなく開きながら、喜悦の声を張り上げ、背中を弓なりにのけ反《ぞ》らせている。

だが、快感を増幅させた分だけ暴れる乳首を、潤治は巧《うま》く弾けなくなった。大きく揺れ動く乳房は、たぷたぷと卑猥《ひわい》な音を立て、艶《つや》やかな肌を打ち鳴らしている。その破廉恥《はれんち》な動きに見とれた瞬間、美香が、がしっと抱きついてきた。

「う、うぐぐ」

潤治の顔が、釣り鐘型の乳房に埋もれた。ねっとり汗ばんだ白い肌の温《ぬく》もりが、全身の神経をいっそう昂《たか》ぶらせた。背中には、美香の爪が、食い込んで離れない。

「あああ、イイ、イイッ」

潤治をぐいぐいと抱きしめる力の強まりとともに、桃尻が跳ね躍《おど》り、快感の大波が女体の内側へうねる。肉びらが蠢《うごめ》きながら潤治の肉棒を、締め上げたまま、ぎゅっとしならせた。

ウッと潤治が唸《うな》った。海綿体がドクドクと脈打ち、堰《せ》きとめていた白い欲望が一気に爆発してしまった。

美香が、ぷいと顔を背《そむ》け、体を離した。

「もう、ズルいわよ。いつも自分だけ先にイッて……あと一分あればイケたのに」

「ごめん……」

「ちなみに今夜のタイムは五分三十秒。……前回とほぼ同じ早さよ」

時計も見ずに美香は言った。

なぜそこまで正確に時を刻めるかと言えば、美香の仕事が、テレビ番組の収録中にスタッフに時間を告げる「タイムキーパー」だからだ。まさに毎日が時間との戦い。ストップウォッチを持たずとも三十秒単位でなら時間を把握できるというから驚きだ。

潤治は、頭の中で敗因を整理してみた。

勢いよく突き出た釣り鐘型の乳房、熟れた白桃のような大振りな尻……全てが潤治の好みのタイプであり、肌を合わせる度《たび》に昴奮の高まりを抑《おさ》えきれないでいる。

だが、美香の弱点を知らなさすぎる。乳首を弾くだけでは、今夜のように抱きつかれたら、手をこまねいてしまう。女性というのは、とかく肌を合わせたがる傾向にあるのだから。

〝この俺が、リサーチ不足とは情けない……〟

潤治の仕事はテレビの番組作りに必要な情報を集める「リサーチャー」だった。

「潤治ったら、報告書を書くのは遅いのに、あっちのほうは早いのよね。男なら、少しは成長ぶりを見せて欲しいわ」

「ハイ。……次がんばります」

年上の美香に、潤治は頭が上がらなかった。

「でも、これだけは信じてくれ。俺、堪《こら》えきれないほど、美香が好みのタイプなんだ」

「まぁ、そんな褒《ほ》め言葉、どこでリサーチしてきたのかしら」

微笑みを浮かべ、体を寄せてきた美香が、〝おやすみ〟と、キスをしてきた。

突然、玄関のベルが鳴った。こんな時間に、誰だろう……潤治がシャツをひっかけ玄関の覗き窓を見た瞬間、野太い声が聞こえてきた。

「この野郎。週末だからって携帯電話を切るなんざ十年早いぞ」

ディレクターの熊《くま》田章《だあきら》だった。

ずんぐり体型に髭面《ひげづら》。ノーネクタイでダブルのスーツを羽織っている風体《ふうてい》は、テレビマンというより〝その筋〟の人だ。通称・髭クマ。

「いるのは解っている。電気メーターの回転速度が、留守宅よりも明らかに速い。こう見えても俺は、サラ金の取り立て屋もしていたんだ。ウハハハハ」

熊田は、高校中退後に職を転々としたあげく、テレビの世界に潜《もぐ》り込んで十年。高学歴のディレクターが多い中、最近珍しい、叩き上げのフリーディレクターである。

「詳しい話はあとだ。とにかく、すぐ出てこい。リサーチャーごときに、週末なんぞあるか」

リサーチャーごとき……か。潤治は小さな溜息を吐きながら、そそくさと身支度を整えた。せめてもの救いは、熊田の横暴さを知っている美香が、機嫌を損《そこ》ねなかったことだ。

別れ際、美香が股間をギュッと握ってきた。

「早く、〝独り立ち〟するのよ」

グルメ、法律、雑学バラエティー……昨今の人気番組に「情報収集」は欠かせない。たとえば健康番組なら、採《と》り上げる〝ダイエット法〟そのものが興味深くなければ、いくらディレクターが凝《こ》ったVTRを作っても意味はない。

いかに面白いネタを他局に先駆けて探せるかが、視聴率を左右する。そこで各テレビ局はこぞって優秀なリサーチ会社と契約している。

リサーチャーなくして、番組など成立しない。にもかかわらず、現場で働くリサーチャーの立場は決して恵まれているとは言えなかった。

リサーチャーの殆《ほとん》どは、台本書きだけでは食べていけない若手の放送作家であるため、〝いずれ、作家として雇ってやる〟……そんな殺し文句に踊らされ、熊田のようなディレクターにこき使われているのが現実だった。

潤治もその一人ではあったが、先頃、リサーチ会社を辞め、フリーの身となった。

潤治は、近くの喫茶店で、リサーチの発注を受けた。番組は熊田がディレクターを務める『トリックを見破れ！　最強マジシャン軍団VS一億人　掟《おきて》破りの生放送スペシャル』

マジシャンがトリックのタネ明かしをする番組は過去に何度も放送されている。だが今回は、テレビを見てトリックが解った視聴者から、携帯サイトで答えを募《つの》り、正解者に豪華賞品を贈るという、生放送の二時間スペシャルだ。

生放送まであと三日に迫っていたが、熊田は、出演予定のマジシャン達が、よくテレビで見る顔ぶればかりである事に不満を持っていた。

「俺はな、まだどこの局にも出ていないマジシャン、新鮮なキャラクターを出したいんだ」

「全く、テレビに出ていない人、ですか……？」

「もう一つ注文がある。その辺のマジシャンが自分で考えたトリックをばらすだけでは刺激がない。どうせなら、空中浮遊や胴体切断のような大仕掛けのマジックの暴露《ばくろ》をさせたい。どうだ、掟破りな感じがするだろ」

相変わらず無茶苦茶な要求をする男だと潤治は思った……そんなトリックを暴露したら、マジシャン業界から干されてしまうだろう。

そのとき、潤治の脳裏《のうり》に、ある情報が浮かんだ。

数日前、美香と行った居酒屋の、レジの横に置かれていた一枚のチラシである。

〝たしか、デジカメで撮影しておいたはずだ〟

チラシの中央に印刷されている出演者の写真が、ひときわ目をひく。ナチスドイツを彷《ほう》彿《ふつ》させる軍服に、サングラス姿の男が片手にムチを持って仁王《におう》立《だ》ちしている。見出しには『SMとマジックの融合！　パフォーマー　壇寛一《だんかんいち》　〝外国人パブ・ユーラシア娘〟』

午前一時。閉店後の錦糸町《きんしちょう》の外国人パブ『ユーラシア娘』では、壁に備え付けられた大きな十字架に、三十路はとうに過ぎている金髪の白人女が、手錠ではりつけにされていた。

白いビキニからこぼれ落ちそうな大ぶりな乳房を左右に揺らして見せながら、厚化粧がはがれ落ちるほどの作り笑顔を、ボックス席の潤治たちに投げてよこした。

「オニイサン、今度は営業中にきてネ。ルーマニア、ロシア、もっと若い子イッパイイル」

「ナタリー。せっかくテレビ局さんがいらしたんだ。店の宣伝はいいからショーに集中しろ」

ビシッ、と床にムチを振り下ろしたのが、店長でもある壇寛一だ。直接会うのは初めてだったが、サングラスをとると強面《こわもて》の印象は消え、顔には老人特有の染《し》みも見える。パフォーマーというよりは、お屋敷で雑務を担《にな》う執事のようだ。

熊田が、不安気に潤治に囁《ささや》いた。

「本当にマジックなんだろうな……単なるＳＭショーだったらお前をムチで引っぱたくぞ」

「とにかく見てて下さいよ」

壇が、懐《ふところ》からリンゴと共に、キラリと光る細長い棒を出した。バーベキューなどで使う金串だ。まずはリンゴに、ぐさりと突き刺す。金串が本物であることのアピールだ。

尻を振っていやいやをするナタリーの乳房に、壇がゆっくりと金串を突き刺していった。

「ア、ア～……」

ナタリーが、苦痛の叫び声を上げる。乳房の刺し口から、真っ赤な〝血〟が滴《したた》り落ちた。

「ほ、本当に刺しているのか⁉」

さすがの熊田も目が釘付けだ。

だが、金串が完全に貫通すると、ナタリーの悲鳴は、悦楽の喘《あえ》ぎ声に変わり、笑顔で腰をくねらせはじめたではないか。さらに、乳房に付着した血を、熊田に舐めさせた。〝血〟は本物ではなく、トマトジュースだった。

「おおッ、凄い。……金串に仕掛けがあるのか？　乳房がニセモノなのか？」

「フフフ。残念ながら私の十八番のネタでして。このトリックだけは明かせませんな」

機嫌を良くした壇は、過去の自分のステージを撮影したビデオを見せてくれた。以前は、普通のマジシャンだったと言う壇に、潤治は素朴な疑問を投げかけた。

「なぜマジックにSMを取り入れたのですか？」

「美女を箱に入れて切断してみせたり、とかくマジックは女をいたぶる設定が多い……そのうち私の中のサド侯爵が顔を覗かせたのですよ。とくに豊満な欧米女性はいいですぞ。縛り甲斐《がい》があるというものです。フフフ」

そして外国人パブの店長を務めながら、ホステスとSM&マジックのショーを行なうようになったという。幸いにもテレビに出たことはない。

「私は奇術協会にも所属していないし、干される事など気にはせん。何なりと暴露いたしましょう」

交渉成立。ネタは木箱に入れた美女をノコギリで〝切断〟する『胴体切断』に決まった。

帰り際に熊田が、ポンと背中を叩いてきた。

「でかしたぞ潤治。マイナーながらも、こんな斬新なキャラクターをよくぞ知っていたな。もっとも夜七時の番組だから、乳首ポロリは控えて貰うがな。ハハハハハ」

自分が探した素材が、テレビに出て視聴者を楽しませる！　それこそが、潤治がリサーチャーの仕事を誇りに思っている理由だった。

ディレクターや、放送作家になる気はない。いずれは、自分がリサーチャー兼製作総指揮をとれるような番組製作プロダクションを設立したい。それが潤治の夢だった。

当日の夕方六時。スタジオでは生放送を一時間後に控え『トリックを見破れ！　最強マジシャン軍団VS一億人　掟破りの生放送スペシャル』の最終リハーサルが行なわれていた。トランプを使った、テーブルマジックのタネ明かしが終わると、トリを飾る壇の番となった。

「壇さん、登場から一通りやっていただけますか」

副調整室の中央の席で、大きなモニターを見ながら、ディレクターの熊田が、スタジオ内にも通じるマイクで指示を出していた。

「一回目は普通にマジックを見せ、次にタネを明かしながら見せて下さい。お願いします」

潤治は熊田の後ろにピッタリと立っていた。現場に顔をだすリサーチャーは殆どいないが、潤治だけは、いつどんな情報が必要になってもすぐに対処できるよう必ず立ち合っていた。

おかげで、タイムキーパーの美香とも親しくなれたのだ。その美香は熊田の隣りの席で、本番に備えて各マジックの所要時間を計っていた。

スタジオの舞台袖から、軍服姿の壇と共に、純白のレオタードに身を包んだ長身の女が登場した。輝く大きな瞳に、ハリのある立体的な唇。エキゾチックな顔立ちと小麦色のグラマラスな肢体《したい》は、南米の女性のようだ。

だが、日本人だった。身長一七〇センチの半分以上もある長い脚が、にょきりとハイレグのVゾーンから伸びている。歩くたびに、ムッチリした尻肉が、むりむりとレオタードからはみ出している。

実は、生放送の前日になって、予期せぬトラブルが発生していた。壇のアシスタントを務めるはずだったナタリーの就労ビザが切れていた事が発覚。テレビに出演させることが出来なくなった。

熊田から新たな女性の手配を命じられた潤治が、モデル事務所に片っ端から電話して探したのが、彩花《あやか》というモデルだった。

おおっ、という声がスタジオにいたカメラマン達から聞こえた。その声のしたほうに、彩花は、ハァ〜イと、モンローばりの投げキッスを送った。

モニターを見ていた美香が、勢いよくタバコの煙を吐きだした。

「まるで、ストリッパーみたいね、これ熊田さんの趣味？」

「そうじゃねえ。潤治の野郎がどうしてもこの娘と仕事をしたいとさ」

熊田の軽い冗談に、潤治はどきりとした。

「そ、そんなこと言ってませんよ」

美香が、チラリと潤治を横目で睨んだ。職場では誰も、美香との関係を知らなかった。

ステージの中央に、四つ脚の付いた、棺桶型の木箱が運び込まれた。木箱は〝かぶせ蓋〟のようにすっぽりと上部を取りはずせる仕組みになっている。壇がその蓋を取り、平らになった底板に彩花を横たわらせた。仰向けになっても、Fカップの豊満なバストは形が崩れず、乳圧が薄手のレオタードの胸を満々と押し上げていた。

「あれじゃ、巨乳の谷間が見えすぎだ。もっと大きいサイズの衣装を用意するように、スタイリストに言っておけ」

にやつきながら指示を出す熊田に、美香が淡々と言い放った。

「ねえ、あの娘に虚《うつ》ろな目で口を半開きにするの、やめさせたら、熊田さん。まるで、SEXしたいって顔よ」

副調整室に、ドッと笑い声が広がった。自分からシモネタを言えるような女でないと、セクハラが常識のテレビ界では生きてはいけないのだ。

美香が言うとおり、あれでは体を切断されることに怯《おび》える美女というより、ちょっとした色情女という雰囲気だ。

壇が、彩花の足首を縄で縛り、さらに底板ごとぐるぐると縄を巻いて固定。手首も縄で縛り始めた。

こうして完全に拘束《こうそく》したのち、木箱の蓋をかぶせ、中央を電動ノコギリで箱ごと〝切断〟するマジックなのだが……。

タネを明かせば、縛っているのは縄のように見えて、実は特殊なゴムなのだ。とうぜん伸び縮《ちぢ》みするから簡単に足を抜くことが出来る。

蓋をされたらすぐに彩花は足を抜き、両脚を折り曲げて上半身にピッタリとつける。つまり箱の半分に全身をスッポリ収めてしまうわけだ。こうなれば、箱の真ん中を電動ノコギリで切ろうが何で切ろうが、彩花は無事だ。

しかも木箱の蓋には、遠隔操作で箱に開けてある穴から自由に出し入れできる電動式のダミーの「足」も付いている。彩花が脚を曲げている間に、ばたばたと動かすことで、観客を完全に騙《だま》せるのだ。

知ってしまえば実に単純な仕掛けである。彩花も先程行なった会議室での練習で、なんなく段取りをマスターしていたはずだ。

「い、いやぁ……」

突然、彩花が、悲鳴を上げた。

壇が、手首を縛っていた縄を背中に通し胸の前で交差させたのだ。縄がバストに食いこみ、レオタードの上からも豊満な乳房の形が鮮明に浮かび上がった。

熊田が、インカムボタンを押して怒鳴《どな》った。

「壇さん、打合せにない事はやめて下さいよ」

「ハハハ、つい手が滑っちまった。ちなみに今の縛りを三角締めという。……君、ビックリさせて悪かったね」

彩花は顔を硬直させ、辛《かろ》うじて頷《うなず》いた。

壇は、初のテレビ出演に悪ノリしているようだ。

気を取り直してリハーサル再開。壇が、彩花の上に木箱の蓋をかぶせた。蓋は顔の位置だけが棺桶のように開いており、そこから縛られた状態の彩花の両手を出した。

壇が電動ノコギリを頭上に翳《かざ》した。リハーサルといえども緊張感が走る。

「アレ……おかしいなぁ」

潤治が目を凝《こ》らした。

本来なら彩花は、無事に脚を折り曲げた合図として、手を蝶《ちょう》のごとくバタバタさせる事になっていたが、一向に合図を送る気配がなかった。堪《たま》りかねて熊田が怒鳴った。

「彼女、段取り忘れたのか。おい」

地響きのような電動ノコギリの音が熊田の指示をかき消した。

「熊田さん、止めさせて。彼女が危ない」

言うが早いか潤治は、副調整室を飛び出しスタジオに通じる階段を走り降りた。

壇もようやく異変に気付き、電動ノコギリを止めた。潤治が蓋をはずすと、彩花は、縄から足を抜かず、ハァハァと息苦しそうに顔を歪《ゆが》めていた。

潤治はすぐに手首の縄をほどいてやった。

「彩花さん、大丈夫ですか？」

「ダメ……なんか、もう、だめ……」

彩花が自由になった手で、胸を掻きむしるような仕草をした。一瞬、救急車を……と言いそうになった潤治は、我が目を疑った。

「あ、彩花さん……!?」

レオタードの上から、長く伸びた紫色の爪で、乳首を小刻みに弾いているではないか。

「はぁ、はぁ、はぁ」

震える唇から上擦《うわず》った声が漏れている。レオタードの股間は、うっすらと湿っていた。気分が悪いのではない、欲情しているのだった。

潤治は、慌《あわ》てて蓋をかぶせ壇を睨んだ。

「どうして変なところを縛ったんです」

「め、面目《めんぼく》ない……だがちょっと縛っただけだぞ。よほど巧くツボを刺激したのだろうなぁ」

こんな時に、得意げになるとは……呆《あき》れて言葉が出なかったが、今はそれどころではない。潤治は周囲のスタッフに〝少し休めば大丈夫ですから〟とごまかし、箱ごと移動しようとした。

と、その時、熊田が険《けわ》しい顔でやってきて、潤治を隅に追いやった。

「潤治、彩花を楽屋に連れて行け」

「ど、どうしたんです？」

「今、事務所に電話したら白状しやがった。こいつはAV嬢だ。アダルトビデオの女優だったんだよ！」

「ええ⁉」

「おまけに今朝からAVの撮影で、そっちを中途半端に中抜けしてやってきたんだ。イカされもせず、悶々《もんもん》としながら縛られたもんだから、ぼ～っとして段取りをすっ飛ばしたんだ」

潤治は頭の中が真っ白になった。生放送まであと三十分。今から別の女性を仕込むのは無理だ。

「潤治、本番までに、あの色情女の精神状態を落ち着かせるんだ。生放送でミスすることがないように、頭をスッキリさせろ」

「ど、どうやってですか？」

「どんな手段をとってもかまわん……最悪の場合、やってもいいからな」

「ぼ、僕がですか？」

「当たり前だ。彩花を選んだのはお前だぞ」

潤治は、言い訳したい衝動を必死に抑えた。本来、アシスタント探しは熊田の仕事だが、予算の削減でギャラが抑えられ、大手のモデル事務所には頼めなかった。あとは、二流の事務所しかないが、星の数ほどいる無名のモデル達から一人を選び出すのは手間がかかる。そこで、潤治に探させたのだ。

それでも潤治は不平不満を言わず、膨大な量のプロフィールをチェックした。あくの強い壇のような人間と組ませるには、顔も体もインパクトの強い女性の方が良いだろう。そう思って彩花を手配したのだった。

しかし、まさか、AV嬢だったとは……。

生放送が始まる五分前までに、彩花を連れて戻れ。それがタイムリミットだ！　そう言い残して熊田は、壇を連れて、司会を務める男性アナウンサーとの打合せに向かってしまった。

六畳程の狭い楽屋には、潤治と彩花の二人しかいない。彩花は、無言でソファーに突っ伏したまま、顔を上気させている。

魅惑的なボディーを間近で見ると、脚の長さより、隙間なく張りつめた太腿の逞《たくま》しさに潤治は驚かされた。皮下脂肪をたっぷり含んだ小麦色の肌からは、男を惑わすムスクの香りが汗の匂いと入り混じって発散されていた。

タイムリミットまで、あと二十分しかなかった。

さて、どうするか……。

「なにか冷たいものでも飲みます？」

彩花は、潤治を見ようともせずに、首を横に振るだけだ。

見下されている……彩花にすれば、ディレクター以外はみな下っ端なのだろう。だが、ここでめげてはいけない。

潤治は、楽屋の近くに、出演者用のシャワールームがあることを思い出した。

「冷たいシャワーでも浴びませんか？」

「は？」

「つまりその……気分をスッキリさせて、本番に集中して頂こうと思いまして」

「うざいわね。本番はちゃんとやるわよ」

「今の精神状態じゃ無理です。さっきだって、大怪我するところだったんですよ」

彩花が、キッとした顔で時計を見た。

「それより、私はいつ帰れるの？　早く向こうの現場に戻りたいのよ。たくさんの男優さん、待たせてるし……」

生放送が全部終了するまで、あと二時間半はテレビ局から出られないことを潤治が言うと、彩花は、ガックリとした顔を見せた。

「……撮影、終わっちゃうじゃない。私の出番も減っちゃうし……」

撮影中のAVは、女性二人と大勢の男達との乱交モノだった。

目を閉じた彩花の、口が半端に開く。ぬめった唇から熱い吐息が溢れた。AV現場での淫らなシーンを想い出しているかのようだ。

……まだ興奮している。なんてエッチなんだ。もはや彩花を平常心に戻すには、絶頂に導くしかない。性感帯をリサーチしなければ。

「彩花さん、恐縮ですが、あと二十分で」

言い掛けたところで、彩花がバッと体を起こし、座ったままレオタードの肩紐をおろした。

「イケばいいんでしょ……スタジオでのアンタ達の話、しっかり聞こえてたわ」

「いや、でも、無理に脱がなくたって……！」

潤治は、ハッと息を呑んだ。

むき出しになった豊満な乳房は、卵黄《らんおう》と生乳を固めた特大のプリンのごとく、豊かな弾力と瑞々《みずみず》しさに溢れ、ぷるぷると揺れ動いている。彩花は、すくい上げるように乳房を持ち上げると、ぎゅっとつぶれる程に激しく揉みしだいた。乳肉が、ぐにゃりと変形し、自慰を始めた彩花に、潤治は完全に無視されていた。

彩花が、乳房をさらに上に持ち上げると、ぬめった舌で乳首を舐めだした。顔が届くとは、想定外の巨乳ならではの為せる技だ。紅赤色の長い舌が、乳首の上で軟体動物のように暴れている。乳輪のまわりは、べっとりと付着した口紅と唾液にまみれ、淫靡《いんび》な光沢《こうたく》をはなっている。

「彩花さん。さっきみたいに、胸を縛られるのがお好きなのですか？」

「……やめて。私マゾじゃないわ」

「乳首が感じるのであれば、僕が片方をお手伝いします……アッ」

細長い指が潤治の股間にすっと伸びてきた。ジーンズの上から肉棒の位置を探り当てるや、雁首《かりくび》をキュッと握った。

「まだ半起ちじゃない。しっかりしなさいよ」

「な、なにをするんですか」

ソファーに悠々と座る彩花に、ブリーフまで一気に下ろされた。柔らかい指の腹を使

「ア、あう……」

長い睫毛が揺れ、微かな吐息が漏れる。

掌《てのひら》からこぼれ落ちた。

い、亀頭から根元までを、しなやかに圧迫しながら上下に揉みしごきだした。時折、尖った爪を食い込ませ、しわ袋をコリコリと引っ掻く。

まるでイソギンチャクの触手のようなAV女優の淫猥な手業《てわざ》に、潤治は痺《しび》れを覚えた。

「フフ……少しは硬くなってきたわね」

彩花が、握った肉棒に、やにわに、自分の胸元を近づけ、豊かな谷間にあてがった。

〝パイズリ?……〟

「私、ペニスで胸を刺激されるのが好きなの。貴男《あなた》だって気持ちいいでしょ」

彩花が、口の中からたっぷりと絞り出した、白泡まじりの唾液を、どろりと肉棒に垂らした。滑りを良くするためのローション代わりだ。

両手で二つの乳房を中央にやんわりと寄せて挟みこむ。肉棒は、柔らかな乳肉に、あっという間に包み込まれた。ひんやりとした肌の感触が、裏筋を刺激した。

豊満な双乳で包んだまま彩花が上下に体を動かした。柔軟に形を歪めた乳肉の谷間で、ぬめ光った肉棒が見え隠れしていく。きめの細《こま》かい乳肉のぬくもりが、竿《さお》からしわ袋《ぶくろ》までをぎゅっと圧迫してきた。

肉棒がヒクヒクと戦慄《おのの》く。

海綿体がとろけそうな感覚に、潤治は、ウッと声を上げた。

「……勝手にイッたら、許さないからね」

彩花は、剛直してきた肉棒で、今度は、自らの乳輪のまわりを、グリグリと刺激し始めた。亀頭の先が、堅くしこった乳首を弾く。

「ああ、いいわっ……」

彩花の眼差《まなざ》しが、妖しく光った。

「けっこう、おっきい、のね」

唇を舐め回しては、〝おっきい〟〝おっきい〟を繰り返す。その口の動きが、秘唇《ひしん》のうごめきを連想させ、ますます潤治の海綿体は膨《ふく》らんでいく。

欲しがっているのだろうか……？

タイムリミットまで、あと十五分を切った。

「どこが感じるか、もっと教えて下さい。時間がないんです」

「……なら、クリを舐めて」

言うが早いか彩花は、潤治をソファーに仰向けに押し倒し、ひょいと上に跨《またが》った。白いレオタードが、股間にピッタリと張り付き、数本の縦皺が卑猥な曲線を描いている。

彩花が、ハイレグの食いこみ部分をぐいと横に引っ張って秘園を露出させた。陰毛は綺麗に剃《そ》られていたが、中心で蠢く茶褐色の肉びらから、むっとする程の雌《めす》の匂いが漂ってきた。

こんもりとしたクリトリスは、すでに桜色に充血し始めていた。意外に早く事が済むかもしれないと期待しつつ、潤治は、たっぷりの唾液を含んだ舌で舐め転がした。

「もっと、舌を速く動かして」

クリトリスへの愛撫は、力の加減よりも回数が大事か。今度美香にしてあげたい。そう考えつつ、潤治は、絶頂に導くべく、舌が痺れるほど、小刻みに動かした。

「ぁ、ぁ……あ、……あ」

甘美な喘ぎ声を震わせ、彩花がしきりに腰をよじらせた。肉びらから潤んでは滴り落ちる淫水で、潤治の顔はべとべとになってきた。

「ああん……もう、我慢できない」

彩花が、体勢を潤治の股間の方にずらし肉棒を秘園に導こうとするではないか。

しかし、潤治は、豊満なAV嬢を絶頂に導くまで、暴発に耐えきれる自信などなかった。

「……あの、挿入の方が、本当に早くイケます？　なんなら、まだ指と手で」

「そんなことどうでもいいわ。……本当のこと言うと、私、イクのが超遅いの」

「お、遅いって……どのくらいです？」

「AVの監督が言ってたわ。〝お前は感じ易《やす》くてイキ難《にく》いから重宝《ちようほう》する〟って。イッたふりなら演技で出来るけど、マジにイキまくってばかりじゃ撮影にならないのよ」

潤治の顔から血の気が引いた。プロの男優さえ導けない絶頂に、自分が導けるわけがない。

「でも彩花さん、タイムリミットまでにイクつもりだったんでしょ。だから今まで、僕に舐めさせたり」

彩花がゾクリとする視線を投げかけてきた。

「アンタを触ったら、けっこう良いモノを持ってるのが解ったのよ。どうせAVの撮影には間に合わないし、時間つぶしにはちょうど良いわ」

なんて女だ……。

「なに、しぼんでるのよ。この役立たず」

「役立たずはどっちですか！　番組のことを考えて下さいよ！　生放送は待ってくれないんだから」

潤治が声を荒らげると、彩花が、体を放し、ぷいっと背中を向けた。

「勝手よね……テレビの人って」

「え？」

「いつも散々人を待たせておいて、ちょっと顔見せたと思ったら、ハイ、お疲れ様って、すぐに追い払うんだから」

鏡台に、彩花の悲しそうな目が映っていた。

……オーディションに落とされ続けた事を言っているのだ。テレビ業界では、いくらフェロモンを振りまいても、美香が嫌悪感を示したように、女性の視聴者に好かれないモデルに、活躍の場は少ないのが現実だった。

時計の針は、タイムリミットまであと十分を指していた。このままでは、とても本番に送り出せる状態ではない。

あれ、待てよ……。

潤治の脳裏に、最終リハーサル前の、会議室での練習風景が過《よ》ぎった。

あの時彩花は、淡々と練習をこなしていたはずだ。なのに、スタジオに入ってからは、スタッフに投げキッスをしたり、〝まるでSEXしたい顔〟と美香が言うほど、虚ろな目で口が半開きになっていた。

会議室での練習と、最終リハーサル。彩花にとって、大きな違いがあるとしたら……。

潤治の脳裏に、一つの推論が過ぎった。

本番前のスタジオ。ステージの前に設置された観覧席には、五十名程の客が座り、ADが拍手の練習などをさせる、前説が始まっていた。潤治が彩花を連れてスタジオに入ってきた時にはタイムリミットまで、八分を切っていた。

「僕がいいと言うまで目を瞑《つむ》っていて頂けますか」

「いまさらもう、何をしても無駄よ。この火照《ほて》った体を冷ますことはできないわ」

渋々と目を閉じた彩花の腕を引き、潤治は観覧席の真横に置かれている、電話ボックス程しかない狭い鏡張りの箱の中へ入った。

中から外は丸見え。マジックミラーである。本番では、目隠しをされたマジシャンが中に入り、外で客が引いたトランプを当てる、初級コースの〝タネ明かし〟に使われる箱だった。

「どうぞ彩花さん、目を開けて下さい」

「きゃ……ひ、人が、こっち見てる」

外側が鏡張りのせいか、客は何となく気になって箱の方をチラチラ見ている。中にいると、客に本当に見られている錯覚に陥《おちい》るのだ。

潤治が、そっと彩花のレオタードの肩紐を外した。Fカップを誇る巨乳が、勢いよくぽろりとこぼれおちた。

「い、いやぁ」

その言葉とは裏腹に、彩花は胸を隠そうとせず、身をよじらせているだけだ。弾力ある乳肉が、ぶるぶると左右に大きく揺れ動いた。

「見られるの、嫌いじゃなさそうですね」

後ろから尻の割れ目をそっと撫でてみた。レオタードの上から、ぬめぬめした感触が指に伝わった。内側から溢れ出てきた淫水で、ローションでも塗ったように、艶《なま》めかしくてかっている。

ああっ、という熱い吐息が、彩花の乾いた唇から漏れた。潤治は、そのまま指を奥へとねじ込んだ。伸縮素材の生地と共に、陰部の湿潤が、指を付け根まですっぽりと銜《くわ》えこんだ。

「いやぁ……衣装、汚れちゃう」

「ご心配なく。別のがありますから」

潤治は、懐から別のレオタードを出した。そろそろタネ明かしをする時がやってきた。

「さっき、スタイリストから聞きました。あなた、二着用意されたうち、あえて小さいサイズを着たそうですね。こんなキッキツなのに、なぜ？」

「べ、べつに……」

「最終リハーサルに立ち合っていた大勢の男達に、このムチムチした尻を見せたかった」

潤治が、ハイレグ部分を掴んで強引に引き上げた。豊熟した桃尻がむりっと剝き出て、レオタードがふんどしのように、股ぐらにギリギリと食い込んでいく。赤く膨らんだ肉びらが、はみ出るほどにめり込んでいった。

自然に彩花の腰が動く。うっとりと目を細めて、尻を左右に振りなぐって喘いだ。

潤治は、ズシリと重い乳房をすくい上げながら、ぎゅっと強く揉みしだいた。生々《なまなま》しい汗にまみれた乳肉が、掌から勢いよく溢れ出た。

「そして自慢の胸を強調し、AV現場では考えられない大勢の男達の好奇な視線にさらされたかった。あなたは、重度の露出マニアです」

「ご、ごめんなさい……あ！」

潤治がレオタードを一気に脱がせた。一糸纏《まと》わぬ長身巨乳のAV女優の肉体が、初めて全容を顕《あら》わにした。ぎゅっと迫《せ》り上がった尻と、豊かな乳房が妖艶な曲線を見せつけている。薄暗がりで見る小麦色の裸体は、娼婦のような蠱惑《こわく》的な魅力を放っていた。

彩花が、ばっと潤治に抱きついてきた。はぁはぁと、熱い息を吐きながら盛りのついた肉食動物のように、豊満な体を擦《こす》り付ける。山脈のように連なる二つの巨乳に、細身の潤治は埋もれるように挟まれた。汗でしっとり湿った肌は、吸いついて離れない。メスのフエロモンが、汗の匂いと共に鼻孔《びこう》を刺激した。

「本番十分前です」とスタッフの声が聞こえた。つまりタイムリミットまで、あと五分しかない。だが彩花は持て余す欲情を抑えきれず、潤治の唇を奪うや、長い舌で犬のように舐め回してくる。甘酸っぱい唾液が、どくどくと送り込まれてきた。

「ほしい。彩花、もうダメ……」

「よし、みんなに見せてやれ」

巨乳を客側に向けて立たせると、彩花は、自分で両手をマジックミラーの裏につき、立ちバックをせがむように、お尻をプリッと突きだしてきた。その淫乱な動作を見ているだけで、潤治の肉棒がズボンの中でびくんと跳ね上がった。

彩花のむっちりと張った肉尻を掻き分けながら、屈《かが》んで秘部を覗き見た。濃い茂みの中央から、肉びらが、ぷっくりと膨らんでめくりあがっているのが見える。甘さの濃い匂いが、密室にたちどころに広がった。

「丸見えじゃないか」

「いやっ」

肉びらが、喜悦するかのようにヒクヒクと蠢いた。

潤治が、勢いよくブリーフを下ろし、猛《たけ》った肉棒を取り出した。ドロドロの愛液が滴り落ちるほど潤んだ秘唇に、亀頭をあてがった途端、彩花が待ち切れずに尻をぐっと押してきた。雁首がぬるりと滑り込むと、熱い汁が中からジュワッと溢れ出てきた。

「あ、あああっ」

伸びやかに喘いだ彩花が、心地よさそうに背中を反らした。

肉棒は、ずぶずぶと吸い込まれ、豊かな尻肉に根元まですっぽりと埋没した。じんわりとした温かみが海綿体から伝わってくる。大量の潤みも手伝って、肉壷の締め付けはさほどではない。暴発の危険はないとふんだ潤治は、恥骨を摑んで力任せに腰を突き立てた。

ぐちゅぐちゅと卑猥な音が鳴る。ほとばしる淫汁で、肉棒はテカテカと濡れ光ってきた。

だが、身を任せている彩花の吐息は、乱れてはいない。多少の喘ぎ声なら、前説の拍手など、本番前の騒々しい音でかき消されるから、スタジオ内に聞こえる心配はないのだが……。

彩花が、悶々とした顔で、背中越しに振り返った。

「奥まで、突いて」

悲しいかな、身長に比例した彩花の長い肉洞の先まで、亀頭が届いていなかったのだ。

潤治は改めて身の丈を知った。

……あと、三分しかない。

潤治は、出来ることを探した。たぷたぷと淫靡《いんび》な音を立てているのは、前方で乱れ舞う巨乳だ。潤治は、恥骨を摑んでいた手を前に伸ばし、乳房を強く揉みしだいた。そのまま、ピストン運動を続ける。浅黒い乳首はたちまちツンと尖ってきた。

彩花が狂おしそうに上半身を反らした。背中の窪《くぼ》みから大粒の汗が滴り落ちる。体全体に力が入ると、蠢く肉ひだが、きゅっと竿を締め付けてくる。刺激を得た潤治のモノが、潤みの中で跳ね上がった。

ついに亀頭が、肉奥の壁に到達した。

「あ！　当たる、ああっ。ああっ」

あまりの声の大きさに、前を歩いていたスタッフが一瞬立ち止まってこちらを見た。

「そんなに見られたいか。この露出魔」

「イヤ……み、見て欲しいっ」

彩花がまるで発情期の交尾のごとく、尻を後ろにボンボンとぶつけてきた。桃尻の柔らかな脂肪分と、弾力ある太腿が、肉棒の根元からしわ袋の薄皮までを、包み込むように摩擦してくる。潤治は堪らずウッと唸《うな》った。

蜜壺の湿潤では、うねりを増した肉洞のひだが、竿全体をいたぶるようにからみついてくる。海綿体は急速に膨張し、裏筋がピクピクと痙攣を始めた。

一か八かだ。息を詰めた潤治は暴発覚悟で、深く、突き上げるように腰を打ち付けた。

「アアッ！　い、いいぃ」

官能のツボを突かれるたびに彩花の、尻から太腿にかけての柔肉がさざ波のように震えだした。快感に打ち震え、虚ろな目をしながらも、必死に己の体を左手一本で支え、たぷたぷと揺れる巨乳を、右手で掻きむしるように揉みしだいた。乳房はぐにゃりと変形し、エキゾチックな顔がだらしなく歪んだ。

「あっ、あっ、あっ……あああっ！」

彩花が甲高《かんだか》い悲鳴を撒《ま》き散らし、小麦色の肉体が、跳ね上がるようにえび反った。

全身に痙攣の波が走った。

肉棒を抜いた瞬間、堰きとめていた白濁液が、どくどくと飛び散り、悦楽の余震に震える彩花の太腿に、白い斑点を着色した。

彩花は、深呼吸をし、余韻《よいん》に浸《ひた》りながらも、すっきりとした笑顔を見せていた。

本番終了から二時間後。自宅に戻っていた潤治は、予《あらかじ》め録画していた今夜の生放送を、ビデオでゆったりと観始めていた。

出番直前まで、舞台袖で彩花に付きっきりで段取りの確認をしていたため、他のコーナーはろくに観られずにいたのだ。

その彩花も、無難に縄から足を抜き『胴体切断』のタネ明かしは大成功をおさめた。ステージ映えする華《はな》やかなルックスが好印象を与えたのか、本番後にはスポーツ局のプロデューサーから、総合格闘技中継のリポーターに起用したいと言われたそうだ。先程、彩花からお礼の電話があったところだった。

壇は、リハーサルのような悪ふざけはせず、熟練の手付きで迅速に縄で彩花を縛った。マジックが成功するや、ニコリともせずにナチス式の敬礼ポーズのまま観客を見回す動作には、既存のマジシャンにはない様式美が醸《かも》し出されていた。

表情こそクールだったが、本人は相当満足していたようだ。スタッフに錦糸町の自分の店のチラシを配りながら、軽やかな足どりで局の玄関から夜のネオン街へと消えていった。

〝なんだこれは……〟

ビデオを見ていた潤治が首を傾げた。マジックミラーを使ったネタで、例の箱の中に、マジシャンが入っている模様が小型ＣＣＤカメラの映像で映し出されていた。

中に、ＣＣＤカメラなんか、あっただろうか？

部屋の電話が鳴った。普段より、一オクターブ低い、美香の声だ。

「なによ、あれ！」

「……あれ、って？」

「とぼけてもムダよ。私は、アンタが、鏡張りの箱に入った時からず～っと見てたんだから」

あ、あ、あ……潤治の相づちは、ヨーデル歌手のように裏返っていた。

最悪の事態だった。本番前の慌ただしい中、副調整室のモニターに映っていた、CCDカメラの映像に、美香だけが気付いていたのだ。

「ヒドいわ。あんまりよ」

「美香、聞いてくれ。あれは仕事なんだ」

「そういう問題じゃないわ。潤治、私にこう言ったでしょ。〝堪えきれないほど、美香が好みのタイプなんだ〟って」

「……う、うん」

「嘘つき。本当は私より、ああいう娘がタイプなのよ」

「な、何を言うんだ」

「四分三十秒……私の時より、一分も早く果てたのよ！」

視線上のアリア

柊まゆみ

著者・柊《ひいらぎ》まゆみ

一九六三年静岡市生まれ。高校卒業後就職、その後結婚。現在は二児の母。九七年に「特選小説」誌の読者投稿小説に応募、同誌で作家デビュー。以来コンスタントに、主に主婦の内面を抉る生々しい作品を発表している。著書に『人妻みちこの選択』(祥伝社文庫刊)がある。

著《いちじる》しい烈《はげ》しさで磨《す》りガラスに体当たりをくり返す雨の音が、頭上から降りはじめる熱いシャワーの音に束《つか》の間、掻《か》き消されていた。

適温の湯が、真佑美《まゆみ》の豊かな髪に、たふたふと浸透し、全身の肌の上を、すみやかに流れ落ちていく。

逢瀬《おうせ》に纏《まつ》わる緊張感の中で、秘密にまみれた性愛の、利己的な悦びを貪《むさぼ》る。このひとときが訪れるたびに、真佑美は誰にでもある日常のしがらみから束の間、解放された気分になった。

世知辛《せちがら》い日々を生きる永い旅の途中で、偶然に出会った唯一《ゆいいつ》のオアシス。高見史郎《たかみしろう》との関係を、真佑美は時に、そんなふうに感じることがある。

月に一度、こうした限られた空間の中に、高見と二人で閉じこめられると、真佑美は自分が、夫持ちであることも、二人の子供のいることも忘れて、ただの女になることができた。

真佑美は、わずかにおとがいを反《そ》らせ、両手で髪を掻きあげる仕草をした。

たっぷりと湯を吸った髪を、両手の指でゆっくりと梳《す》いていく。ファンデーションを乗せた顔の肌が、小気味よく湯を弾いた。

湯に包まれた顔を撫でた両手で、曇った鏡の表面を軽く擦《こす》る。等身大の鏡だった。曇りが拭き取られた部分の限られた領域に、真佑美の裸体が映る。十人並みの容姿。丸みを帯びた肩と腕。豊満な乳房――。

ウエストから下腹部へとつづく、まろやかな曲線。夏のあいだ日焼けなど、とくに気にすることなく剝《む》き出しにしていた両腕は、寒い季節になっても、たくましい小麦色をしていた。が、普段は衣服に包まれた乳房や、いよいよ中年の域に差しかかろうとする女にありがちな肉感的なお腹や太腿などは、生々《なまなま》しいほどに白かった。

真佑美は、たしかに決して美しいスタイルとは言い兼ねたし、女としては、もう若くない。

だから真佑美は、自分の裸など高見にあからさまに見せたいとは思わないし、また彼のほうも、殊更《ことさら》こだわって見ようとはしない。

しかし高見は、肉感的な真佑美の体の抱き心地が、たまらなくいいという。

夏には若干《じゃっかん》、暑苦しいかもしれないが、冬には間違いなく暖かい。

それに、膣の深くに塡《は》まり込んでいるあいだの、真佑美のぬくもりが、もっとも好きだという。真佑美の生白いお腹をくだると、癖のない褐色の炎が、小高い恥丘の膨らみを包んでいる。それは、その部分を覆い隠すというよりも、却《かえ》ってそれの在りかを強調するかのように炎《も》え立っていた。

決して、いいプロポーションには恵まれていなかったが、皮下脂肪が創りだした、まるみを帯びた造形美を、真佑美はそれほど嫌いではなかった。

真佑美は、できれば髪や顔にシャワーを当てたくはなかったが、雨のせいで化粧が崩れてしまい、一旦落として、やり直さねばならなかった。

船橋《ふなばし》駅で電車を降り、モーテルに着くまでのあいだに、それまで小降りであった雨が急に強まったのだ。念のためにと思って持参してきた携帯用の脆《もろ》い折り畳み傘など、たいして役にも立たず、髪も顔も、ずぶ濡れだった。十一月中旬、大気はさらに冬の趣きを濃くしていた。

真佑美は、紺色の厚手のカーディガンを着ていたが、雨の混じった風は、ひしひしと体に浸《し》みていた。まだコートやジャンパーなど着る時期ではなかったが、そういうものを着てくればよかったとさえ思った。

上半身の下着はブラジャーだけだった。

こういう日でなければ、いつもなら八分袖のインナーを着るが、男に逢うのに、そういうわけにもいかない。

モーテルは、住宅街の中にあった。高見とは普段、夜になると、ほとんど毎日のように

パソコンでメールのやり取りをしているが、初めて抱かれた日から数えてメイク・ラブは

今日で四度目だった。

人目を憚《はばか》るためか、高見は今日も、いつもと同じモーテルを指定してきた。

真佑美は、ひとしきりシャワーを浴びた後、浴室を出て、バスタオルで大雑把《おおざっぱ》に全身を

拭うと、濡れた髪をドライヤーで、すみやかに乾かした。崩れたファンデーションの脂分

を、ティッシュペーパーで拭き取り、忙《せわ》しない仕草で重ね塗りをした後、バスタオルを体

に巻いて、寝室に戻った。

そのあいだ、ベッドの中の高見の視線は、真佑美の姿に貼りついていた。

真佑美は、全身の肌でそれを感じていた。

男の視線上に立ち揺らぐ欲情が、抒情的《じょじょうてき》な音楽のような響きをもって、バスタオルを

体に巻いた真佑美の、まるい肩や背中に纏《まと》わりついた。

早く、おいで――。

高見は声には出さず、薄い掛け布団の端を拡げて、真佑美をうながした。

真佑美はベッドの傍らに歩み寄ると、ベッドの縁に浅く腰掛け、体からタオルを外しながら、静かに体を滑り込ませる。

タオルを取った真佑美の肌は、女ざかりの艶《なま》めかしい色香にコーティングされていた。高見が、真佑美の上半身を自分の腕の内に取りこむように、彼女の上に覆いかぶさる。

気持ちの昂《たか》ぶりのせいで、かすかに震える真佑美の唇に、その唇を重ねてきた。舌を搦《から》める仕草で数回唇を吸い、舌を挿《さ》し入れる。ぬるい味のする舌だった。それとも真佑美の舌が熱を孕《はら》んで、高見の舌をぬるいと感じただけなのか。妖しく蠢《うごめ》く舌と、吐息と、唾液《だえき》の搦め合いを展開した。

高見史郎は、千葉市内で外科医院を開業していた。

高見との関係は、真佑美がかつて所属していた文芸同人誌の主宰者に、高見を教えられたことがきっかけだった。真佑美が会を辞めたのは、会費を払いつづけることが経済的に困難《こんなん》になったためであったが、一番の理由は、真佑美と主宰者の男性とのあいだに、人に言えないトラブルがあったからだった。

真佑美が同人誌の会に在会中の頃から、高見の評判は聞いていた。

千葉市在住の外科医が、大きな文芸新人賞を獲った話は当時、地元の新聞にも載ったほどだった。

当時、時を同じくして、真佑美は官能系の小説誌をきっかけに、どうにか作家デビューを果たし、一年目を迎えていた。

そんな真佑美にとって、大きな賞を獲り、デビュー作がいきなり単行本化された高見史郎は、あこがれの存在であった。が、もしも高見が同じ女性であったとしたら、真佑美は、もっと露骨《ろこつ》に嫉妬《しっと》を感じていたかもしれない。

しかし、男の高見に対しては、嫉妬の思いはあこがれへと姿を変え、ひたひたと恋心へと近づいていた。

もし高見が、ただの外科医というだけなら、これほど惹《ひ》かれはしなかったと、真佑美は思う。外科医をやりながら、医療の現場に携わる人たちの生き様、あるいは人間模様をいきいきとした作品に仕立てている。

そんな異色なところに魅力を感じたのかもしれない。

しかし高見とは、その後、会うことなく七年が過ぎた。出会いが叶《かな》ったのは、昨年の秋に、千葉市内の書店で、高見の新刊のサイン会が開かれた日であった。

そのことは、新聞の夕刊に小さく出ていた。

サイン会の当日は土曜日で、高見の医院も休診だった。その辺りでは、もっとも大きな書店で、高見は一階の、単行本のコーナーに、いた。

休日であったせいか、歓楽街も書店も、そこそこ混み合っていた。

一階の出入口から、もっとも近い東側に、長い机が置いてあって、傍《そば》には彼の新刊が十数冊ほど、平積みされていた。

高見はカジュアルな感じの紺のスーツ姿で、机脇の椅子に腰掛けていた。

夕方で、ちょうどサイン会も終わりに近づいていた。高見は男としては、それほど大柄ではなく、身長も真佑美のほうが若干、高いくらいだった。細長い輪郭《りんかく》に、自己主張の強そうな、くっきりとした目。引き締まった薄い唇、中肉中背——。

齢は五十二歳だった。

真佑美の夫は六十二歳であったが、五十二歳の高見と並べても、さほど年齢の差を感じないほど若く見える。

真佑美は、そういう夫を、いつも見ているから別に何とも思わないが、若い時分には俳優志望だったというだけあって、齢のわりには悪くない。

ああ見えて、ハタから見れば案外、かっこいいのかもしれない。と、自分の夫のことをノロ気でなしに、そう思う。齢より若く見える、夫のそんなところも、真佑美の惹かれた要因だった。

しかし、いくらそうであっても、結婚して二十年弱。今さら恋でも愛でもない、というのが実態であった。真佑美の中では、夫が男であるという感覚も、かなり薄れていた。それは夫も同じかもしれない。

真佑美など、妻であって女ではない。子供のおかあさんであって女ではない。夫に、あるいは子供にコキ使われて、狭っちい家の中を忙《せわ》しなく動きまわっている自分を思うと、時には、自分はただの家政婦ではないかとさえ思えることもある。

セックスにも飽《あ》き厭《あ》きしていた。

否、セックスそのものは、もちろん大好きであったが、夫では、もうダメなのだった。男に対するような恋愛感情は、もうない。

しかし、違った意味での愛しさがある。

真佑美にとって夫とは、家族であって、男ではないのだった。それを認めた上で、

(違う男の体がいい……)

真佑美の体が、要求していた。

何しろ結婚してから同人誌主宰者と関係をもつまでの十数年、真佑美は夫以外の男の肌を知らなかった。当たり前といえば、そのとおりかもしれなかったが、それだけでは微妙に酸素が足りない気がしていた。

違う男と接触することで、中年女の自分の中にも、まだ息づいている生身《なまみ》の女としての真佑美を、もっとはっきり覚醒《かくせい》させてみたいという、ささやかな欲望があった。

そんな時に、現れたのが高見であった。

真佑美は、高見と型通りの挨拶を交わしてから、彼の今日の予定や、サイン会の状況などを聞いてみた。

そのまま、これっきりになる可能性もあることは覚悟していた。

しかし、そうはならなかった。わざわざ東金《とうがね》から出て来た真佑美を、このまま帰してしまうのも、悪いと思ったのかもしれない。

高見はサイン会終了後、真佑美を近くの喫茶店《きっさてん》に誘ってくれた。そして、コーヒーを飲みながら約二時間ほど、お互いの日常のことや、創作の話などした。

真佑美と高見とは、小説を書くようになった経緯が似ていた。彼は、自分の人生が、医院の仕事だけでは何となく物足りない気がして小説に目覚めたのだという。

真佑美は、主婦と育児だけの毎日に漠然《ばくぜん》とした倦怠《けんたい》を感じて、いわゆる暇つぶしの目的で書きはじめたのだった。たしかに書いているジャンルも、内容的にも、高見のほうが、はるかにレベルは高かったが、二人のあいだには近しいものが流れている。そんな気がして、密《ひそ》かに嬉しく思った真佑美だった。

それが今から四ヵ月前のことだ。

高見に乳首を吸われて、沁みるような感覚が体の芯《しん》を貫いたことで、真佑美は自分を取り戻した。

真佑美は時々、何の脈絡もなく、高見との関係に意識を奪われることがある。

高見とは彼のサイン会の後、小説を書くようになった経緯や、創作の思いなど、あれこれ語り合いながらひとときの時間を共有したが、その後、はたしてどういうなりゆきで今のような関係に塡まってしまったのか。

真佑美には、それが不思議と思い出せないのだった。気がついたら、こんなふうになっていた。そうとしか思えないのだった。

晴天なら、午後の陽が射し込むレース越しの空が、今は薄墨色に変色している。

もう雨は、やんだのかしら……。

高見の唇が、真佑美の首筋や腋下《わき》をさまようあいだ、真佑美の視線は漠然と、宙を泳いでいた。

舌の先で、気まぐれのように鎖骨《さこつ》のあたりを這《は》い、丸い肩先から二の腕へと這い下りたかと思うと、再び乳首に搦みついた。

屹立《きつりつ》して鋭敏になった乳首は、男の舌を歓迎していた。舌の動きが執拗《しつよう》であればあるほど、真佑美の性感も研《と》ぎ澄まされ、体の深くにまで響いた。

高見は覆いかぶさったまま、両掌《て》で真佑美の豊満な双つの乳房を包み抱くと、膨《ふく》らみを下から押しあげるように揉み、同時に舌で乳首を弄《いら》った。

なるように任せて開いた両脚のあいだには、男の体が挟まって、微熱を孕《はら》んだ体温が、真佑美の太腿の内側に浸透していた。

高見は乳首を弄うのに飽きると、しなるように伸びあがって、真佑美の耳朶《じだ》や、うなじを弄いはじめる。

その時、ちょうど真佑美の恥丘に男の陰毛が合わさっていた。拡がった陰唇に、その剛毛が擦り合わさり、高見の下半身が少しでも動くと、開いた陰唇のあいだから小さく突き勃《た》った女の蕾《つぼみ》を、男の恥骨が荒ら揉みして、だらだらと弛《ゆる》い快感が漏《も》れ拡がった。

弛い悦びを味わいながら、いつのまにか乾いた真佑美の唇から、甘ったるい喘《あえ》ぎが漏れる。やがて、合わさっていた高見の下半身が離れると、そこに彼の右手が、すみやかに忍び込んで来た。

弛い快感を引き摺《ず》って、昇りつめるには至らなかった女の蕾は、硬い膨らみのまま息づいて、熱いぬかるみの中に埋もれていた。

高見は、指の腹でそれを探りあてると、力を抜いた触り方で、割れ目に沿って、さすりはじめる。

「あぁッ……」

真佑美はセックスの最中は、あまり声を立てないが、瞬間的に子宮が窄《すぼ》まるような性感に、思わず息むような呻き声を発した。

真佑美は、高見の体に両腕をまわして、彼を抱いた。

その肉感的な太腿を拡げ、男の指が熱いぬかるみの中を行き来しやすいように、体が自然と配慮していた。

静寂の室内に、愛液を掻き捏《こ》ねる水音が拡散する。時間の止まった夏の陽ざかりの真っ只中で、しきりに甘ったるい水を掻く。

そんな音色のように思えた。

「ねぇ、気持ちいい……」

消え入りそうな声で訴えかけると、高見の熱を帯びた唇が、真佑美の唇に覆いかぶさった。無防備に弛めた唇に、男の舌が揚む。

濃厚な接吻と同時に指の動きも、やまなかった。

愛液を蕾にまぶされると、頭の中が真っ白に塗りつぶされて、先のことなど、どうでもいいと思えてくる。

この感覚のまま、永遠に死んでしまいたい——。

やがて高見の舌が再度、乳首を嬲《なぶ》りはじめると、真佑美は間延びした凄まじい呻き声を漏らしながら、蕾がつぶれる瞬間の、あの悦びを味わった。

真佑美は目を閉じた。おとがいをわずかに天井に向けて、その半開きの唇をかすかに痙攣させていた。

真佑美の意識は朦朧《もうろう》として、気がつくと、無防備に開いた太腿のあいだに高見の腰が嵌まり、すでに膣の深くにまで届いてしまっていた。

高見は、いつもそうであるように挿入してから、すぐに動こうとはせず、真佑美の内にとどまっている。

真佑美が、少し焦《じ》れた気持ちになって、膣を窄めると、高見もまた膣の中で、それをピクリと律動させて応えてみせた。

それを数回くり返した後、高見はゆっくりと動きはじめる。

先端が深みに届くと、真佑美は「あッ……」と、短い声を漏らし、高見が腰を引くと、その呼吸に合わせるように陰唇をしたたかに震わせて応えた。

はじめは、息を潜めるような一定の律動を刻み、しだいに動きに速さが加わると、それにともなう性感も深いものに変わった。

正常位であったが、途中、抱き合ったまま転がり、お互いの位置が逆転した。

今度は高見が下になって真佑美を抱き締め、真佑美が両脚のあいだに、高見の下半身を挟んだ格好であった。

男と女の体は繋がったままで、高見が下から突きあげるように攻めた。

真佑美はこの遣り方のほうが、正常位よりも感じた。そして、最後はその体位のまま極限を迎えた。


「ところで、この前言っていた小説、どうだったの？」

大きな枕に頭を沈めたまま、高見は目だけで真佑美の動きを追っていた。

「この前言っていた小説？」

真佑美はスリップだけを身につけていた。

洗面所の鏡の前に立って、黒いブラシで、しきりに髪を梳《と》かしながら、体半分振り返って、高見のほうを見た。高見の視界に入る位置まで、おもむろに歩いていく。

「長編を書いたって、言ってただろう。どこだかの出版社の社長が見てくれるからって、張り切ってたじゃないか」

「ああ、あれ……」

真佑美の声音が、つい投げやりになった。

できれば聞かれたくないことだった。

「ダメなんだってさ」

真佑美はブラッシングをやめると、自分のバッグの中から、煙草のパッケージを取り出した。煙草など、普段は絶対口にしたことはなかったが、今日は持参して来ていた。

つい今しがたまでの性の愉悦《ゆえつ》など、高見のひと言で、たちまち消滅してしまった。

真佑美は、長方形のパッケージの角を破いて、中でぎゅうぎゅう詰めになった煙草の一本を爪で引き抜いた。苛立《いらだ》たしい仕草で、百円ライターを点火する。

「よしなよ、煙草なんか——」

咎《とが》めるように、高見は言ったが、真佑美は無視した。

高校時代、友達と面白半分に少しくらいなら喫《す》っていた時期もあったが、それほど美味《おい》しいとも思わず、すぐにやめてしまった。以来、煙草とは無縁に過ごして来た。

真佑美が煙草を買ったのは一昨日《おととい》、原稿が送り返されて来た直後だった。発作的に、何か思いきり、ひどいバカをやってみたくなったのだ。

とっさに浮かんだのが煙草だった。一昨日、煙草を買ってから、実際に喫ったのは、今が初めてだった。高見の目の前で喫ってみせて、彼に咎《とが》められたいという、一種の甘えをたくらんでいたのだ。ところが、自棄《やけ》になって吸い込んだ瞬間、喉に焼けるような亀裂が走った。

喉の中に火の玉が飛び込んで来たような衝撃に、真佑美はそのまま激しく咽《む》せた。

高見が急いで起きて来て、

「何やってるんだよ、バカッ――」

真佑美の手から、怒った仕草で煙草を取りあげると、丸テーブルの端に、今にも落っこちそうになっていたガラスの灰皿の真ん中に、無造作に揉み消した。

「そんなもの、喫えもしないくせに喫うヤツがあるか」

「喫えなくないもん――未成年じゃあるまいし、四十のオバサンなんだからね。オバサンが煙草喫っちゃいけない法律なんて、ないんだからね」

真佑美は四十二歳であったが、四捨五入で年を口にするところなど、女心の表れだった。

真佑美が意地になって、もう一本抜き取ろうとすると、高見が今度はパッケージごと奪い、手の中に握りつぶしてしまった。

「いいじゃないか。また書けば——その出版社ではダメでも、他でならわからないし、何も、その一作にこだわることもない」

と、高見は言い、ある最大手の出版社の名称を口にして、自分も受賞後、原稿を依頼されて書いたがボツになったと、少し投げやりな口調で言ったが、真佑美にはたいした慰《なぐさ》めにはならなかった。

たしかに、その出版社の人を正式に紹介されたわけではなかった。

『私の知ってる作家さんで、頑張ってる方がいらっしゃるんですよってお話ししたら、長編しか受けつけないそうなんですが、やる気があるなら原稿を拝見してもいい。その社長さん、そう言ってくれたんです。よかったら挑戦してみます？　原稿はこちらに送ってくだされば、私からお渡ししますから』

知人の編集者に、そう勧められて書いた、長編の官能小説だった。

原稿は、それを勧めてくれた編集者を通じて、件《くだん》の社長のもとに、しばらく預けられていた。

「私は別に、断わられたことを根に持っているわけじゃないの」

煙草を毟《むし》り取られた真佑美は、急に身の置き場を失くしてベッドに戻ると、両手で膝を抱えて縮こまった。

「原稿が返送されて来た時、手紙がついていたの。殴り書きのような字だったけど……字が、どうこうっていうんじゃないの。行間に、その人の人柄が滲《にじ》み出ていて、すごく傷ついたの。はじめっから突き放しているみたいな批評が書いてあって……でも、それはいいの。自分には才能なんてないって、よくわかっているし、それを承知で、やっているんだもの。だって、そんな条件の中で書きつづけるのは厳しいけど、書くのをやめたら、もっと厳しい……」

高見は何も言わなかった。

「私のこと、あなた——甘いとか思ってるんでしょう」

「そんなこと思ってないよ」

高見が、呆《あき》れたように返した。

「批評のあとにね、『要するに、あなたの作品は出版には至らないということです』だってさ——肩で風切ってるみたいだった。それだけじゃないの。そのあとに、まだつづきがあってね、自分のところで出版している官能作家の名前を四、五人連ねて、その人たちのどんなところが魅力なのか、が、びっしり列挙してあったのよ。納得できるものもあったけど、中には目が点になるようなのもあった。なんか我が子自慢しているみたいでさ、私のような無名の売れない作家には、どこの社長さんも、みんなあんなふうに横柄《おうへい》なのかしら。あ～あ、つまんない。ひどいでしょう？　他の売れてる作家と比べて、どうこう言うなんて」

真佑美はすべてを悲観した物言いで、ごろりと横になると、引っ張りあげたシーツの中に、頭まで包《くる》まってしまった。

真佑美の頭の、すぐ上の位置が沈んで、高見が傍らに腰掛けたのが、わかった。

「うちの作家はこれだけ優等生。あんたみたいな才能の欠けらもない作家は、せいぜい爪《つめ》の垢《あか》でも煎《せん》じて呑《の》みなさい。そんな駄作、読んでもらえただけでも、ありがたく思いなとか、思ってんのよ」

つい、毒気が口を突いて出た。

「まあ、仕方がないよ。デビューして、わずか二、三年で大御所扱いの人もいれば、十年経っても新人扱いの人もいる。そういう世界なんだから」

高見は慰めるつもりで言ったのかもしれなかったが、真佑美は気持ちを逆撫《さかな》でされて、不意にシーツの下から顔だけ出した。

「それって、私のこと言ってるのね」

「そういう意味じゃないよ、別に」

高見の声音に、右往左往するような戸惑《とまど》いの響きが混じって、それが一層、真佑美をやるせない気持ちにさせた。

「それで、その原稿はどうしたの？」

真佑美が気分を損ねたのを感じて、まずいと思ったのか、高見の声色に心持ち不安の色が滲んでいた。

真佑美は少し言い澱《よど》んでから、

「悔しいから捨てた……」

かろうじて聞き取れるくらいの小声で答えた。胃の腑に落ちないような、重低音の波立ちを刻んでいた。

「捨てた？　もったいない」

「もったいなくなんかないもん。どうせ私には、高見さんみたいな才能なんてないし……もういい。私、帰る」

真佑美は思いきって起きあがると、拗《す》ねた仕草で衣服を取り、帰り支度をはじめた。

真佑美の夫は現在、単身赴任《ふにん》中だった。会社では、定年の齢であったが、現在、相談役というかたちで残っている。

赴任先は宇都宮《うつのみや》にある支店で、自宅へ戻って来るのは仕事の休みを兼ねて月に二、三度というところか。

下世話な言い方をすると、セックスをしに戻って来るのであった。

クルマで、夜の十一時半頃、宇都宮を出て自宅へ着くのが二時半、あるいは三時。そんな時間には真佑美は熟睡しているが、寝ているところを無理やり起こされて、セックスの相手をさせられた。

しかも夫は六十を過ぎ、感度も若干鈍《にぶ》っているのか、なかなか射精には至らなくて、ようやく事を終えた時には、真佑美はすっかり目が冴《さ》えてしまっているという状態だった。

セックスは好きだが、やはり時と場合による……と、真佑美は思う。

真佑美にとって夫婦のセックスは、いつのまにか義務と化して、それにともなうように自然と演技も身についてしまった。

夫とのセックスは、ある意味、真佑美にとって苦痛であった。

それだけに高見との密かな情事は、不倫でありながら、夫にたいして、あまり罪悪感は湧《わ》いてこないのだった。それを愛情の欠如《けつじょ》というなら、あるいは、そうかもしれない。ともに暮らして行くあいだ、いつか通り過ぎた季節のどこかに、知らないうちに落としてしまったものか。それともはじめから愛情など、なかったものを、あるものとして錯覚《さっかく》していただけなのか——。それは今、思いつきで過去を振り返ったとしても、すぐに答えが出せるというものでもない。

昔、夫が真佑美の恋人であった頃、彼は妻帯者だった。当時は週に一度、昼頃に静岡で落ち合うのが二人のお約束で、逢ったその足で、ホテルへ直行するのが流儀《りゅうぎ》であった。しかし、二人で旅行に出掛けたとか、紅葉を観に行ったとか、お花見に行ったとか、行楽の思い出は一切なかった。

まるでセックスに取り憑《つ》かれたかのように、逢えば、それだけに尽きた。

そして、そのまま夜の十時過ぎまで、ホテルの部屋にこもっていても、まだ一緒にいたいと思うほど好きであった。それが、結婚し、十数年という歳月、ともに暮らす今、赴任先から夫が、たまに帰って来るのでさえ鬱陶《うっとう》しいと思ってしまう。かといって、もはや夫婦の愛情はないものと、きっぱりと認めてしまうのも怖かった。

本気で離婚を考えたことも、何度かある。

が、考えるだけで別れられなかったのは、怖いと思う強迫観念に縛られていたせいかもしれない。また、別れてみたところで、今よりいい人生が、自分に待ち受けているとも思えなかった。それを言葉にして縛るなら、惰性《だせい》ということかもしれない。

いったい、いつ——どこで何が、どう色褪《あ》せ、変化したものか。明確に思いあたることは何ひとつなく、すべてが曖昧な靄《もや》の中だった。

半分、高見に八つ当たりした形で別れてから、次に高見と逢ったのは三週間後だった。

十二月の第一水曜日、津田沼《つだぬま》駅側《そば》の、サンペテックレストラン街四階の、食事も出来る喫茶店で、午後二時に逢う約束をした。

前回逢った時には、お釈迦《しゃか》になった小説の原稿がもとで、勝手に気分を悪くして一人で先に帰ってしまったことなら、真佑美はその後、メールで謝っていた。

逢うペースが一ヵ月に一度なのは、とくにこうしようと話し合って決めたわけではなく、自然に出来た間隔であったが、最後に逢った日から三週間後というのは、いつもより若干、早い逢瀬だった。

逢いたいと言ったのは、真佑美のほうだった。

前回の時に、あんな別れ方になったせいで後々、真佑美の後悔が、高見への愛しさを強めたせいかもしれない。

「次に出版されるお話、もう書いてるの？」

煎《い》れ立てのブレンドを少し啜《すす》ってから、真佑美が口火を切る。

「今度も、恋愛もの？」

「うん――」

半年ほど前に出版された彼の新刊は、病気で妻を亡くした中年男と、交通事故で夫を亡くしたばかりの若い女のラブロマンだった。

「真佑美をモデルにした――」

物静かな口調であったが、冗談のようにも聞こえた。たぶん冗談なのだろう。

「でも、売れない官能小説家なんて、イケてないんじゃないの？」

冗談を言っているという前提で、真佑美もそのように返した。

「作家としての真佑美でなくて、主人公の相手役の女性像としてのモデルだよ」

「そう、それなら嬉しい……」

と、真佑美は答えた。

たしかに嬉しいのであったが、何となく摑みどころのない淋《さび》しさもあった。

真佑美が、うつむき加減で黙っていると、

「この前のこと、まだ気にしてるのか？」

言われて、ふと目をあげると、高見の少し困っているような眼差しと、ぶつかった。

「別に、気にしてなんか……」

真佑美は、高見の眼差しを自分から振り落とすように再び、うつむいた。

「真佑美は、まだその時期じゃないんだよ、きっと――」

高見が、独り言のように言った。

「誰だって、いいことばっかりは、つづかないし、悪いことばっかりも、つづかないものだよ。何をやっても、うまくいく時とか、何をやってもダメな時とか……そのうち真佑美にも、時期がくるよ」

「そうだといいわね――」

気ままに漂うような物言いだった。

すべてが振り出しに戻ったような虚脱感があった。なるようにしか、ならない。それを高見に当たってみても、どうにもならない。途方に暮れた諦《あきら》めに曝《さら》されているしかなさそうだった。

「三週間ぶりね……」

と、真佑美が深い意味をそれとなく加味したように言う。

「何が？」

「こうして逢うのが――よ」

「ああ、そうか。そうだね……」

高見は、とくに気のない答えを返した。

「こうやって、逢う間隔が少しずつ縮まっていって……私たち、いずれは深みに塡まってしまうのかな……」

真佑美は言ったが、高見はそれには答えなかった。

その先は言えない——そんなニュアンスが、こめられている気がした。

わかりきっているから言えないのか、わからないから言えないのか。しかし、そこに触れることは、今の真佑美にはひどく酷であった。が、真佑美は同時に、つまらないことを言ってしまったような気もしていた。

いずれは深みに塡まってしまう——のではなくて、すでに塡まりきっているにもかかわらず、それに気づいていないだけかもしれない。そんなふうにも思えたからだ。

サンペテックを出ると、十二月らしい深く澄み渡った青が、空を染め抜いていた。きれいに葉を落とした、裸の枝の隙間を吹き抜けて行く風が、裸木の背後に並ぶ常緑樹の、深い葉群れを騒がせて、その存在を示していた。

真佑美は、高見とともにタクシーに乗り、船橋のいつものモーテルへ向かっていた。

心持ち、影を持った高見の渋い横顔を、真佑美はそれとなく一瞥《いちべつ》しながら、この人の奥さんは、どうなんだろうと思った。

自宅の隣に医院があるというから、夫はいつも身近にいるということだ。

夫が、いつも自分の身近で仕事をしているという状況。夫は外廻りがほとんどで、しかも単身赴任中の身である真佑美には、そういう状況が、どうしてもリアルに想像することが出来ないのだった。

高見が、真佑美の視線に気づいて、二人の目が合った。

高見が、何？　という顔をした。

真佑美は、別に何でもないわ。というように浅くほほ笑み、車窓に目を逸らす。

その時、真佑美が膝の上に置いていた彼女の手の甲の上に、高見の右手が重なって来た。

高見の掌を乗せた手を引っ繰り返して、掌と掌を重ね、指を繋《つな》いだ。血のぬくもりが沁みてくる。

高見は自分の妻のことを、どう思っているのだろう。一瞬でも、そんなことを考えた自分の愚かさに、真佑美は浅い溜め息をつく。

もし高見が妻を愛していれば、自分のような女と、こんなふうになるはずがない。

しかし愛しているからといって、他の女を抱かないとは限らない。高見の妻に対する想いは愛で、高見が真佑美を抱くのは、恋だ。

それは真佑美も同じであった。

部屋は、取り立てて特徴のない、強《し》いていえば、シンプルなところが特徴といったらいいような、どうということのない空間であったが、たとえどんな部屋であろうと、二人の「今」を閉じ込めてしまえる場所であるなら、どこでもよかった。

真佑美は張り詰めていた風船の結び目がほどけるように、高見に、その身をゆだねていった。

お互いの体をきつく抱き締め、唇を搦め合った。愛おしい唇だった。

抱き合いながら、高見の両手が、真佑美の豊満なお尻をまさぐる。まさぐりながら、やがて右手だけが太腿へと這い伸びた。

その指が、真佑美のロングタイトの裾を巧《たく》みに引っ張りあげると、太腿の内側へ忍び込んだ。高見の手の動きを知り尽くした真佑美は、彼の指が入り込みやすいように、太腿を弛《ゆる》めていた。

下腹のところから、パンティストッキングに手を入れて、そのままパンティの中に滑り込ませる。甘ったるく湿った陰毛に指を搦め、中指の腹で膣から蕾へと、その割れ目を撫であげた。

それでも接吻《せっぷん》は続き、真佑美の視界には、薄い霧がかかったようになっていた。

静寂が厚みを持って押し寄せて、真佑美は高見の唇に、自分の唇を付着させたまま、舌の上で乾いていた唾液を呑んだ。

割れ目に触れた指が、熱く潤んだ肉襞《ひだ》を静かに、さすりはじめる。動き出した指の腹が蕾に触れると、鋭い感覚を秘めた悦びが、愛液とともに漏れ拡がった。

真佑美の舌に、高見の舌が搦み、悪戯《いたずら》にそよいだせいで、真佑美の唇の端から細い唾液がしたたり落ちて、首筋まで濡らした。

「膨《ふく》らんでるよ……」

唇を密着させたまま、高見が囁く。

「気持ちいい……」

ゆっくりと探る仕草で割れ目を行き来していた指が、その瞬間、呑まれるように膣に入った。

「うッ……」

真佑美は思わず小さく呻いて、高見の唇を吸った。突然の激しい勢いに押し流されるように舌を貪り合い、二人の体は重なったまま、ベッドの上に倒れ込んだ。

膣の深くに入った指が、その深みを抉るような凄まじい蠢《うごめ》き方をした。

「ああッ、いいッ、いいッ……」

真佑美は、両手の指で頭上のシーツを掻き毟ると、呼吸を痙攣させながら、おとがいをのけ反らせた。

真佑美は、高見がそうするよりも早く、自分からパンティの紐に指を掛け、腰を浮かせ、ぎこちない仕草で、それを太腿へと引き下ろした。

パンティが膝まで下りると、それを高見が忙しない手つきで真佑美の爪先から、すみやかに剝ぎ取った。

お腹の上まで捲《まく》れあがった紺色のロングタイトに、豊満な生白い下半身。野性的でグロテスクな陰毛に包まれた剝き出しの陰唇。

そうした淫猥《いんわい》なコントラストが、高見をいつになく挑発したのかもしれない。

彼は両手で真佑美の膝を開くと、淫らに拡がる陰唇に、舌を突き立てた状態で唇を、くっつけて来た。舌を使い、唇を窄めるようにしながら愛液を啜った。貪婪《どんらん》な水音が漏れ拡がる。淫らな悦びが飛び散り、衣服の下では乳首が隆起していた。

真佑美は下腹部を迫りあげ、その悦びを貪った。いきそうになる、あの切迫した感覚が、すぐそこまで迫っていた。

朝まで愛して

雨宮　慶

著者・雨宮《あまみや》 慶《けい》

一九四七年、広島生まれ。編集者、フリーライターを経て作家に。一九七六年のデビュー作以来、著作は百冊を超え、官能小説界の実力派として活躍を続けている。近著は『人妻弁護士・三十六歳』。

1

「北見《きたみ》さん、電話です。佐野《さの》さんという人からだそうですけど……」

応接セットがある制作部の一角でスタッフと雑談していると、女性スタッフから声がかかった。その言い方からすると、交換から回ってきた電話らしい。

「佐野？」と北見は怪訝《けげん》な表情でつぶやき、出るよ、と女性スタッフに手を上げて合図し、自分のデスクにもどった。憶えのない名前だった。受話器を取って点滅《てんめつ》しているボタンを押した。

「はい、北見です」

「お忙しいところをすみません」女の声がいった。「あの、わたし、K大で同級生だった佐野未央《みお》ですけど、憶えていらっしゃいますか？」不安そうな感じの声で訊《き》く。

北見は驚いた。

「佐野!?　未央!?」

「ええ。よかった、もう忘れられてるんじゃないかと思ってたの」

ホッとしたように、佐野未央がいった。

「忘れるわけないさ、完璧にふられちゃった相手だもの」

「ウソ。だって北見くん、わたしのこと、からかっただけでしょ?」

「からかった?」

「そうよ。わたしになんていったか、もう忘れちゃった?」

そういわれて記憶が断片的に甦《よみがえ》ってきた。

北見は苦笑いしていった。

「憶えてるよ。でも、からかったなんて誤解だよ。それよりどうしたんだ? 結婚して金《かな》沢《ざわ》にいるって聞いてたけど、いまどこから?」

「東京……じつは、北見くんにお願いがあってきたの」

「お願い? なに?」

「今夜会ってほしいの。どうしても会いたいの」

なにか切迫《せっぱく》した事情があるのか、未央の口調にはそういう感じがあった。

北見の今夜の予定は、自分が担当しているワイドショーにゲストで出ている女医で〝セフレ〟の彼女と逢うことになっていたが、その予定を変更することは可能だった。

「いいよ。どこで会う?」

「わたしいま、ホテルの部屋から電話してるんだけど、この部屋にきてもらいたいの」

「部屋に⁉」

北見は驚いて訊き返した。

「ええ……外に出たくないの」

未央が妙なことをいった。沈んだ感じの声だった。

彼女が金沢の老舗《しにせ》の和菓子屋の跡取り息子と結婚したという話を北見が大学時代の友人から聞いたのは、もうかなり前のことだ。佐野というのは旧姓で、北見には旧姓を名乗らなければわからないと思ってそうしたのだろうが、その後離婚していなければ、彼女は人妻である。

だから人目を気にしているのか。それにしても地元の金沢ならともかく、東京にきてそこまで気にするか。それともほかの理由があって、ホテルの部屋で会いたがっているのだろうか。

一瞬のうちに思考を巡らせた北見は、胸がときめいてきた。

「わかった。できるだけ早くいくよ」

「ありがとう。待ってます」

未央はまたホッとしたような感じでいうと、宿泊しているホテルとルームナンバーを北見に教えた。さらに、ルームサービスで夕食を用意しておくのでホテルにくることができるおよその時刻と、洋食と和食どっちがいいか訊いた。

北見はちょっと考えてから、七時すぎにはいけると思う、食事は洋食がいい、と答えた。

電話を切ったあと、北見の頭は一気に大学時代にタイムスリップした。

北見と未央は学部はちがったが、大学の四年間、同じ放送部に所属していた。北見はテレビ局のディレクター、未央はニュースキャスターを目指していた。そして卒業後、幸い二人とも志望が叶《かな》って、北見は在京の民放テレビ局に、未央は公共のテレビ局に、それぞれ就職した。

未央の就職先を知ったとき、北見はいかにも彼女らしいと思ったものだ。彼女は非常に真面目な性格で、見た目もどちらかといえば地味なタイプだったので、キャスターにしてもタレント性を要求される民放には不向きだった。

もっとも、見た目地味だといっても魅力がなかったわけではない。華《はな》やいだ感じがないだけで、顔立ちは整っていたしプロポーションもよかった。それでいて地味に見えるのは、愁《うれ》いを帯《お》びたような容貌《ようぼう》のせいだった。

未央のそういうところが、むしろ北見にとっては魅力的だった。

あれは大学最後の年に入ってまもないときだった。北見は未央を〝モノにしたい〟と思った。それまでも彼女のことは気になる存在だったが、あまりにも真面目すぎて手を出しかねていたのだ。それよりも手っとり早くモノになる女たちと遊ぶことに忙しかったこともあった。

当時の北見は恋愛感情から女と関係を持つということは皆無《かいむ》だった。まず恋愛感情があって――というプロセスは高校三年で童貞を卒業するまでのことで、それからの北見にとって女は、自分の好みのタイプかどうかで選び、なんとかしてモノにする、要するにセックスする――それだけが目的の対象になっていた。そういう年頃ということもあったが、北見の場合は生まれつき女好きで好色なため、とりわけその頃は女と見ればセックスしか考えられないような時期だった。

未央に対しても例外ではなかった。卒業するまでに彼女をモノにしたい、彼女とセックスしたいと思ったのだ。

ただ、未央の真面目さ、ガードの堅《かた》さは尋常《じんじょう》ではなかった。それに、北見の女関係の噂が未央の耳にも入っていたのか、北見自身なんとなく、彼女から白い眼で見られているような感じがしていた。

そこで北見は考えた。まともに口説《くど》いてもだめだろうから挑発してみよう。乗ってくればツケ込める。

もうかれこれ十七年前のことだけに記憶は細部まで定かではないが、そのとき北見が未央にいったのは、未央はまだバージンだと思うけど、バージンなんて百害あって一利なしだ、バージンを捨てればもっと魅力的になれるし、もっと素晴らしい経験もできる、俺がそうさせてあげるよ、というようなことだった。

これで真面目な未央は憤慨《ふんがい》するはず。それをきっかけにセックスの話を仕掛けていけば、弾みでそういう展開になる、と北見は読んでいた。

ところがその読みはみごとに外れた。未央は憤慨したような表情を見せたものの、一言も発せず、北見を完全に無視して立ち去ったのだ。北見のほうはまったく取りつく島がないという状態だった。

公共のテレビ局に就職した未央は、そのうち金沢支局に配属になった。北見が未央の結婚話を聞いたのは、それから確か五、六年後のことだった。大恋愛の末に仕事を辞めて結婚したと聞いて、あの未央が……と驚いたのを憶えている。

それからのことはなにも知らない。

それにしても、ホテルの部屋で会うというのは一体どういうつもりなんだ？　現実にもどって北見はあらためて訝《いぶか》った。人目を気にしているようだから彼女はまだ人妻なのだろう。人妻が男をホテルの部屋に誘うのはふつうじゃない。そのことと「お願い」の内容が関係あるのだろうか。あるとしたら、まず考えられるのは、セックスのこと……いや、彼女にかぎってそれはないだろう。

そう思いながらも北見の胸はまたときめいてきていた。

2

教えられたホテルの部屋の前に立って、北見は腕時計を見た。七時半だった。

ふられた女と十七年ぶりに再会するという、そうそうあることではない事態を前にして、胸騒ぎに似た胸の高鳴りをおぼえながら、チャイムのボタンを押した。

ややあってドアが開き、女が顔を覗《のぞ》かせた。緊張したような硬い表情のその顔と、昔の佐野未央の面影が重なった。

北見は笑いかけた。

「やあ、久しぶりだな」

「ほんと。さ、どうぞ」

未央がぎこちない笑みを浮かべて短くいった。

北見は部屋に入った。ドアをロックした未央について奥に入っていくと、部屋はツインだった。ベッドが二つ並んだその向こうに応接セットがあって、そばにルームサービスのワゴンが置いてあった。

「突然電話して、しかも無理をいってごめんなさい」

未央が申し訳なさそうに謝った。

「そんな、気にすることはないよ。思いがけない電話には驚いたけど、いっぺんに懐かしくなって昔にタイムスリップしたよ。なにしろ十七年ぶりだろ?」

向き合って立っている未央を上から下へ見ながら北見がそういって訊くと、「ええ」と未央は恥ずかしそうに答えた。

昔のストレートのロングヘアは緩やかにウエーブがかかったセミロングのヘアスタイルに変わり、愁いを帯びたような容貌は三十八歳といえばそう見えるそれになっているが、そこには若いときにはなかった熟女の色気が漂っている。

未央は濃紺のニットのワンピースを着ていた。その軀《からだ》つきは相変わらずスレンダーに見えるが、それも年齢相応に色っぽく熟《う》れているのではないか。そう想って胸をときめかせながら、薄い黒いストッキングを穿《は》いている、すらりとしたきれいな脚まで見下ろしたとき、

「会って驚いたでしょ? すっかりおばさんになってるんで」

未央が自嘲《じちょう》ぎみにいった。

「そんなことはないさ。若いときにはない色気があって、むしろいまのほうが魅力的だよ。人妻だからよけいそうなのかな」

「北見くんて、相変わらずね。昔とちっとも変わってない」

「そう、本音でしかものをいわないところはね」

苦笑いのような笑みを浮かべていった未央に、北見はすかさず真顔で応酬《おうしゅう》した。未央は呆《あき》れたような表情を見せて、

「北見くんにはかなわないわ」

とまた苦笑いしていうと、どうぞ、という手つきで椅子《いす》をすすめた。

「お料理、少し時間が経ってもいいものしか頼めなかったのでご馳走《ちそう》はないけど、召し上がって……」

そういいながらワゴンにかかっているクロスを取った。料理は透明なプラスチックケースの中に入っていて、ステーキや野菜サラダ、それにオードブルなどが並んでいる。ワゴンの下の段には、ワインクーラーに赤ワインが入っていた。

「じゃあまず、再会を祝して乾杯しよう」

北見はワインを開けて、二つのグラスに注いだ。二人はテーブルを挟んで向き合って椅

子に座り、グラスを手にした。

未央が真っ直ぐに北見を見た。強くなにかを訴えるような眼つきだ。ん？　と北見が訝ったとき、ふっと未央が弱々しい笑みを浮かべてグラスを持ち上げた。北見もそうした。二人はグラスを合わせ、口に運んだ。北見は驚いた。未央は一気に飲み干していく。まるで飲まずにはいられないというように。

「いい飲みっぷりだな。昔からイケる口だったんだっけ？」

いいながら北見は空《から》になった未央のグラスにワインを注いだ。

「あまり飲まなかったからわからないけど、そうかも……」

そういって未央はつづけてグラスを口に運ぶ。

「飲まないことにしてたんじゃないか。あの頃の未央は超がつくほど真面目だったから」

「だから北見くん、わたしのこと、からかったの？」

未央がかるく睨《にら》んで訊く。昔の彼女からは考えられない色っぽい眼つきだ。

「いや、あれは電話でもいったけど誤解だよ。そんなんじゃなかったんだ」

北見はあのとき自分が考えていたことや思惑をそのまま話した。

「でも完全に無視されちゃったからな、あれには参ったよ。怒って食ってかかってきてくれることを期待してたんだけど、あのとき未央はどう思ってたんだ？」

「怒ってたわ、すごく。でも……それと同じくらい、北見くんにいわれたこと、気になってた……」

未央はつぶやくような口調でいった。

「気になってた？」

「ええ。あの頃わたし、自分でも自分の真面目さとか堅さとかがけっこう負担になってて、それで……それに、本当のことをいうと、北見くんのこともずっと気になってたの。北見くんて、女性関係がいろいろあるっていわれてたからいやだったたし、そう思ってたはずなのに……」

そういうと未央はまたグラスを空《あ》けた。

意外な告白に驚きながら北見もグラスを空けた。そして、二つのグラスにワインを注ぎながら、

「惜《お》しいことをしたなァ、それがわかってればあのときもっと強引に迫ったのに。もっとも、そういう女心の微妙なところがわかれば苦労はしないんだけどさ」

苦笑いしていうと、あらたまって訊いた。

「ところで、お願いってどんなこと？」

未央は俯《うつむ》いた。会ったときと同じ、硬い、思いつめたような表情をして、

「わたしを抱いて。今夜だけでいいの、朝まで愛して」

懇願《こんがん》する口調でいった。

北見は唖然《あぜん》とした。

「なにがあったんだ？　ダンナとなにかあったのか？」

「お願い、なにも訊かないで」

未央が顔を上げていった。必死に懇願する表情に、北見は気圧《けお》された。鬼気《きき》迫る感じがあった。

なにかよほどのことがあったにちがいない。といって聞き出せそうもない。それに、食事などできる雰囲気ではなかった。

北見は立ち上がった。未央のそばにいき、手を取って立たせた。ブレザーを脱ぎ捨て、彼女を抱き寄せた。彼女も抱きついてきた。というよりしがみついてきた。

北見はキスにいった。舌を差し入れてからめていくと、北見よりも未央のほうが熱っぽくからめ返してきた。

濃厚なキスをつづけながら、北見は片方の手を未央のヒップに這《は》わせた。ニットのワンピースの上から尻のまるみを撫《な》でまわす。見た目よりもむっちりとした量感を感じて、充血してきていたペニスがみるみる強張《こわば》ってきた。それが下腹部に突き当たって、未央がせつなげな鼻声を洩《も》らして腰をくねらせる。

北見はワンピースの中をまさぐった。その感触に驚いた。未央がつけているのはパンストではなく、ガーターベルトとストッキングだった。

「驚いたな。いつもガーターベルトなんてつけてるのか？」

唇を離して訊くと、未央は黙って北見の胸に顔を埋めた。

昔、超がつくほど真面目で堅かった彼女が、それから十七年経ったいま、ふつうの人妻はあまりつけないガーターベルトをつけている。この十数年の間に彼女が経験してきたセックスと、それによって変わってきた彼女を見せられたようだった。

北見は驚きと同時に興奮を煽《あお》られて、両手でワンピースを引き上げていった。未央はされるままになっている。ワンピースを脱がすと、セクシーなスタイルの黒い下着姿が現れた。

北見が下着姿に眼を奪われているうちに未央がひざまずいた。北見は呆気《あっけ》に取られた。未央がズボンのチャックを下ろしていく。チャックが開いて、盛り上がったトランクスが覗いた。彼女の手がトランクスの中から勃起したペニスを取り出す。

手にしているペニスを、未央は興奮して上気した表情で凝視《ぎょうし》して、ああ、と熱い喘《あえ》ぎ声を洩《も》らした。ピンク系のルージュを塗った唇を亀頭に触れさせ、舌を覗かせてからめてくる。

そこまで呆気に取られていた北見は、ねっとりと亀頭を舐《な》めまわす舌のぞくぞくする快感に襲われて、ようやく我に返った。

3

未央のフェラチオに、北見は圧倒されていた。ねっとりと貪《むさぼ》るようにペニス全体を舐めまわしたり、まるでしゃぶり尽くさんばかりにくわえてしごいたりを、一心不乱に繰り返すのだ。しかも手をペニスの下に差し入れて、陰のうをくすぐりながら。

そうしているうちに未央自身興奮を煽られるらしく、眼をつむった顔に昂《たかぶ》りの色が浮きたってきている。

夫とはセックスレスで、欲求不満が溜《た》まっているのか。それを解消するために抱いてほしいといったのか。

そう思いながら北見はそのとき初めて、未央の軀の数カ所に鬱血《うつけつ》のような跡がついているのに気づいた。

(まさか、DV――!?)

思った瞬間、快感を我慢できなくなって腰を引いた。未央の口からペニスが滑《すべ》り出て、生々しく弾んだ。

「おしゃぶり、上手《うま》いな。あの未央がって思ったら、ちょっと信じられないような気持ちだよ」

北見はそういいながら、興奮しきった表情でいきり勃《た》ったペニスを凝視している未央を抱いて立たせた。

「それより軀についている痣《あざ》のようなものはどうしたんだ？」

訊くと、

「抱いて！」

と未央はしがみついてきた。

「ダンナに暴力を揮《ふる》われた跡なんじゃないか？」

「訊かないで。お願い、抱いて、みんな忘れさせて」

しがみついたまま、ペニスに下腹部をこすりつけてきながら懇願する。

やっぱり、ＤＶを受けているらしい。そこから逃げてきて、それを忘れたがっているのだろう。その思いが彼女を駆りたてているのかもしれない。――だとすれば、そのことを詮索《せんさく》するより彼女の要求に応えてやるのが先決だ。

北見はそう考えて手早く服を脱ぎ、トランクスだけになると未央のブラを外した。そして、ベッドカバーを取り払うと、彼女をベッドに上げて仰向《あおむ》けに寝かせた。

未央は顔をそむけて両腕を胸の上で交叉《こうさ》させている。

「未央の軀、隠さないで見せてくれ」

横にひざまずいて北見はいった。自分から抱いてほしい、それも朝まで愛してとまでいった未央だ。黙って両腕を胸の上から下ろした。

むき出しになった乳房はスリムな軀つきのわりにボリュームがあって、しかも三十八歳とは思えないほどきれいな形をしている。自分から求めたといってもさすがに緊張感や羞恥心《しゅうち》に襲われて胸が高鳴っているらしく、その乳房が大きく上下して、そむけている顔からもそんなようすが見て取れる。

北見はショーツに両手をかけた。脱がすのを愉《たの》しみながら、ゆっくりと下ろしていく。

現れた下腹部を見て驚いた。意表を突かれた。あるべきはずのヘアがないのだ。

一瞬パイパンかと思ったが、そうではなかった。よく見るとヘアを剃《そ》った痕跡があって、わずかにヘアが生えてきていた。

「これもダンナの仕業か？」

未央は眼をつむって黙っている。否定しないのが答えと思ってよさそうだ。北見はショーツを脱がせ、自分もトランクスを脱ぐと未央の脚を開いてその間にひざまずいた。

「未央の亭主、こういう変わった趣味を持ってんのか？」

生えかけたヘアでザラついた感触の、もっこりと盛り上がった丘を手で撫でながら訊くと、未央が腰をもじつかせて、

「わたしの、浮気封じだって……」

うわずった声でいう。

「浮気したのか？」

未央はかぶりを振った。

「嫉妬《しっと》深い亭主なんだな。それで暴力を揮ったりするのか？」

顔をそむけて眼をつむり、小さくうなずく。

北見の脳裏に、歪んだ性格の夫に虐《しいた》げられる未央の姿が生々しく浮かんできた。そういう夫なら、未央のヘアを剃ることにも、剃ったあとの局部にも、歪んだ興奮や欲情をおぼえ、セックスも陰湿にちがいない。そういう夫の行為に、未央はどんな反応をしていたのだろう。ひたすら耐えていたのか、それともいやがりながらも感応していたのか……。

そう思ったら、目の前の、スリムな軀をしているぶん露骨なほどもっこりとしている局部とその膨《ふく》らみを二分している肉びらが、たまらなく淫《みだ》らに見えて、北見の欲情をかきた

てた。

北見は未央に覆いかぶさった。乳房にしゃぶりつき、両手で膨らみを揉みながら、乳首を吸いたて舌でこねまわす。未央が初めて艶《なまめ》かしい喘ぎ声を洩らしはじめた。みるみる乳首がしこってきた。性感の高まりを、北見が滑らかな太腿にこすりつけているペニスがさらに強めているようだ。未央がたまらなさそうに太腿をすり合わせながら、腰をうねらせる。

北見は未央の下半身に移動した。両手で肉びらを分けた。肉びらの外側の赤褐色とは対照的な、きれいな薄ピンク色の粘膜が露出した。そこはもう濡れそぼっていた。

北見はそこに口をつけ、舌でクリトリスをまさぐってこねまわした。すぐに未央の口からそれまでにない泣くような喘ぎ声がたちはじめた。

たちまちこりっとしてきたクリトリスを、舌でこねまわすだけでなく、上下左右に弾いたり、口にとらえて吸いたてたりした。

未央の息遣いや泣くような喘ぎ声が切迫した感じになってきた。北見が舌を使いながら上目遣いに見ていると、繰り返し狂おしそうにのけぞっている。

「あぁッ、イクッ!」

未央が搾《しぼ》り出すような声を発した。つづけてよがり泣きながら腰を振りたてた。

北見は上体を起こした。未央は興奮しきった表情で息を弾ませている。北見はペニスを手にして亀頭でクレバスをまさぐった。

ヌルッと亀頭が膣口に滑《すべ》り込んだ。押し入った。未央が苦悶《くもん》の表情を浮かべ、ふるえをおびた喘ぎ声を洩らしてのけぞった。

熱く濡れた粘膜に包み込まれたペニスから、えもいえない快感がわきあがる。北見はゆっくりと抽送したりこねたりした。そうやって初めて侵入した未央の蜜壺を味わった。

未央のそこは、サイズが北見のペニスにぴったりだった。そのため粘膜とペニスのこすれ合いやからみ合いによって、ゾクゾクする強い快感に襲われる。未央もそうなのか、悩ましい表情できれぎれに感じ入ったような喘ぎ声を洩らしながら、北見の動きに合わせて腰をうねらせている。その腰つきがいかにも熟女らしく、粘っこくていやらしくていい。

「未央のここ、いいよ、名器だよ」

「ああッ、いいッ、いいわッ……このまま、ずっとしていたい」

未央が快感に酔っているような表情で貪欲《どんよく》なことをいう。

「おいおい無理をいうな。女はいくらでもできるけど、男はそうはいかないんだ」

北見は笑っていって未央を抱き起こし、自分が寝て彼女を上にした。

「さ、好きなように動いてごらん」

と、両手で乳房を包んで揉みたてる。

未央が北見の腕につかまって、くいくい腰を振る。亀頭と子宮口がぐりぐりこすれる。

北見は乳房を揉みながら繰り返し腰を突き上げた。そのたびに未央が苦悶の表情を浮きたたせて、喘ぎとも呻《うめ》きともつかない鋭く感じ入った声をあげる。

「ああッ、もう……」

たまりかねたようにいって未央が北見の両手に自分の両手をからめてきた。そのまま前傾姿勢を取って腰を上下させる。

顔を起こした北見の眼に、生々しい眺めがまともに見えた。肉びらがヌラヌラと濡れ光った肉棒をくわえて上下している。腰を振りながら未央もそれを覗き込んで見ていたが、刺戟が強すぎてたまらなくなったか、ほどなく腰を落として上体を起こし、また腰を律動《りつどう》させはじめた。

「ああいいッ、たまらないッ……もうだめッ、ねッ、イッていい？」

しゃくるようにして激しく腰を振りたてながら、息せききって訊く。

「いいよ」と答えて北見は未央とからめている手をほどき、指を彼女の無毛の割れ目にあてがった。

「あッ、それだめッ」

うろたえたようすを見せながらも未央は腰を振りたてる。北見の指はクリトリスに当たっている。その刺戟もあって未央は一気に昇りつめた。

そこで北見は結合したまま未央を半回転させて後ろを向かせ、後背位の体勢に持っていった。

上体を伏せてヒップを突き上げた未央の腰を両手でつかみ、突きたてた。ヒップの量感がさほどないぶん、ペニスが突き入っている秘苑が露骨に見えて、その猥褻《わいせつ》な感じが北見の欲情を煽る。

「ああ〜、いい〜……ああ〜、もっとォ、もっとして〜」

未央がうわごとのようにいって求める。

北見はわからなくなった。最初は未央は欲求不満ではないかと思った。だが浮気封じにヘアを剃るほど嫉妬深い夫のことを考えると、どうもその可能性は薄い。それならなぜ彼女はこんなことをしたのか。しかもなぜ「朝まで愛して」とか「このまま、ずっとしていたい」とか、いまの「もっとして」など、まるで欲望に取り憑《つ》かれているようなことをいうのか。

訝りながらひとしきり未央を突きたててよがらせ、北見はふたたび正常位にもどした。そのとき未央の顔を見てたじろいだ。

まさに欲望に取り憑かれたような凄艶《せいえん》な表情をしていたからだった。

だがすぐに驚きに見舞われた。未央の膣がまるでエロティックなイキモノのように蠢《うごめ》いてペニスをくわえ込もうとするのだ。

「うう〜ん、もっとォ、もっとして〜、狂わせて〜」

未央が懇願しながら腰をうねらせる。北見は欲情をかきたてられて突きたてていった。

4

シャワーを浴びてから北見は遅い夕食を摂《と》った。さすがに腹が空《す》いていた。冷えたステーキでも美味《おい》しかった。

北見が浴室から出てくるまでベッドにいた未央は、食事を摂りはじめた北見に付き合ってわずかにサラダだけ食べてシャワーを浴びにいった。

北見は冷蔵庫から取り出してきた缶ビールを飲みながら、未央とのセックスを振り返った。

最後の正常位での行為だけでも、未央は少なくとも五、六回はイッているはずだった。北見が射精するとウソをいっては彼女をその気にさせてイカせ、それを繰り返したからだが、さすがに北見もそれが限界だった。

それも未央が驚くほどの名器だったからで、それを思うとますますもって彼女がなぜこんなことをしたのかわからない。

新しい缶ビールを冷蔵庫から取り出したとき、未央が浴室から出てきた。北見は腰にバスタオルを巻いていたが、未央もバスタオルを軀に巻いていた。

「飲む?」

北見が栓を空けた缶ビールを差し出して訊くと、「ええ」と未央は笑みを浮かべて受け取り、缶ビールを口に運んで飲む。そのスキに北見は彼女のバスタオルを取り払った。

「いやッ」と未央は小さな悲鳴のような声を洩らした。ついで北見も腰のバスタオルを取ったのを見るなり飲みかけの缶ビールを冷蔵庫の上に置いて、北見に抱きついてきた。二人とも全裸だった。

「わからないな。どうしてこんなことをしたんだ?」

北見は背中とヒップを撫でまわしながら訊いた。

「お願い、縛っていじめて」

未央が身をくねらせながら思いがけないことを北見の耳元で囁《ささや》いた。

北見は驚いて未央を押しやり顔を覗き込んだ。

「そんなことやってんのか⁉」

未央は小さくうなずいた。どういうのか、ときおり見せる思いつめたような硬い表情で。

「亭主の趣味なのか？」

北見は訊いた。

「お願いだから、夫のことはいわないで」

いままでになく険しい表情と強い口調で未央はいった。北見が啞然としていると、

「ごめんなさい。北見くんと一緒にいるときは、夫のことは忘れていたいの」

申し訳なさそうに謝った。

「わかった。だけど、じゃあどうして亭主と同じように俺にも縛っていじめてほしいんだ？」

「北見くんにそうしてもらったら、夫のこと忘れられるから、消せるから」

未央は硬い表情でいった。

北見は思った。消せるとはどういう意味なんだ？ 文字通り消しゴムで消すように、夫とのことをすべて消し去りたいということなのか。そうだとしたら、そう願う気持は夫から暴力を揮われていることからきているのかもしれない。

北見は部屋の中にある紐《ひも》を用意した。浴衣とバスローブの紐を——。

北見にはSMマニアといわれるような趣味はないが、これまでSMプレイの真似事のようなことは経験があった。いま付き合っている〝セフレ〟の女医とも、たまにそういうプレイを愉しんでいる。北見以上に女医のほうがプレイには積極的だった。

「それにしても未央とこんなことをするなんて、想ってもみなかったな」

そういいながら北見はまずバスローブの紐を使って未央を後ろ手に縛った。

黙ってされるままになっている未央をベッドに上げて仰向けに寝かせると、浴衣の紐で左右の膝をそれぞれ縛った。そして、その二本の紐を結び、それを未央の首にかけた。未央は喘ぎ声を洩らして顔をそむけた。

未央の両脚はMの字を描いて、股間があからさまになっている。それでなくても露骨な無毛の秘苑がさらに強調されてむき出しになっている。

「うーん、いいなァ。こうなるとヘアを剃ったオ××コはよけい露骨になって、このいやらしさがたまんないね」

「ああ、いや……」

いいながら手で秘苑を撫でまわす北見に、いたたまれないような表情を浮かべた未央が腰をもじつかせてふるえ声を洩らす。

北見は指をクレバスに這わせた。早くもそこはぬかるんでいる。

「なんだ、もう濡れてるじゃないか。ホントはこうやって恥ずかしい恰好にされていやらしいことをされるのがいいんだろ?」

指でクレバスをこすりながら言葉でも嬲《なぶ》ると、未央は悩ましい表情を浮かべてかぶりを振る。だが腰の動きはいやがっているそれではない。うねるようないやらしい動きを見せている。それに蜜があふれだしてきて、北見の指の動きに合わせて生々しい音がたっている。

北見は膣口に中指を挿し入れた。ヌルーッと滑り込んで、未央が呻いてのけぞる。片方の手で乳房を揉みながら、中指で蜜壺をこねたりこすったりする。こらえきれなくなったように未央がせつなげな喘ぎ声を洩らす。

だがまだそこまで高まっていないのか、名器の反応は現れない。北見は中指と人差指の二本を蜜壺に入れて抽送した。ひとしきり抽送してやめ、膨れあがっているクリトリスを親指でこねた。

未央が泣くような喘ぎ声を洩らして狂おしそうにのけぞる。すると、さきほどペニスで感じた名器のエロティックな蠢きが膣に生まれた。ジワッと指をくわえて、そのまま引き込むように蠢く。指に受けるその扇情的な感触がそのままペニスに伝わって、ヒクつく。

「こりゃあすごい。未央、未央のここはすごい名器だよ」

北見はあらためて驚き、興奮していった。

その声が聞こえているのかどうか、未央は興奮と快感に酔いしれたような表情でよがり泣いている。

そんな未央を見ながら北見は思った。消したいほどいやな夫でも、こうやって嬲られたら、否応なく彼女はいまと同じように反応していたのではないか。

そのとき北見の頭に疑念が浮かんだ。すべては未央の夫が仕組んだことで、彼女は夫に命じられたまま行動しているのではないか。彼女自身、夫に暴力を揮われながらもそれに麻痺して——というより、夫の暴力もセックスの中でめざめさせられたマゾヒスティックな快感と同じようになってしまって……。そして、このあと夫婦は北見と未央のことを刺戟剤にして愉しもうとしているのではないか。

そう考えると、未央について不可解なこともすべて解消する。

だが北見は苦笑した。エロ小説ではあるまいし考えすぎだ。

「ああ〜、もっとォ、もっと狂わせて〜」

未央がたまりかねたようにいった。

北見は名器の中にペニスを挿し入れた。未央は「朝まで愛して」といっていた。朝まで

はまだ長い。北見はゆっくりとペニスを抜き挿しした。これからどうやって狂わせてやろうか考えながら。

狂乱の一夜から二日後のことだった。

恐ろしいニュースが舞い込んできた。未央が水死体で発見されたのだ。警察の発表では、福井県の東尋坊《とうじんぼう》の断崖から飛び下りたところを見た者がいて、自殺ということだった。

それから数時間後、こんどは未央の夫が金沢の自宅で頭を鈍器《どんき》のようなもので殴られて死んでいるのが発見された。犯人は妻の未央で、自殺現場に残されていた遺書に夫を殺したと書いてあり、それで金沢の自宅に警察の捜査が入ったということだった。

いつもはこういうニュースが入ってくるとすぐに番組のネタになるのだが、それは他人事のときのことであって、当事者になるとそうはいかない。北見はショックのあまり茫然《ぼうぜん》としてしまって、しばらくなにも考えられなかった。

それからさらに二日後、北見に未央からの手紙が届いた。北見は封《ふう》を切るのももどかしく、便箋《びんせん》を取り出すと貪るように読んだ。

北見くんへ

あの夜は本当にありがとう。北見くんと一夜を過ごせて、わたしは幸せでした。これで心置きなく逝《い》くことができます。

この手紙が北見くんの許《もと》に届いたときには、もうわたしはこの世にいません。それに、その前に大変な騒ぎになっているでしょう。それですでに北見くんも知っていると思いますが、わたしが夫を殺しました。

夫とは周囲からも大恋愛などといわれるほどおたがいに愛し合って結婚したのですが、結婚生活が順調にいっていたのはわずかに初めの三年ほどでした。その頃から夫の女関係が激しくなり、同時にわたしに暴力を揮うようになって、それからはもう地獄の日々……子供がいなかったのがせめてもの救いでした。

何度、夫と別れようと思ったかしれません。

でもできなかった……。夫はわたしに暴力を揮うだけでなく、SM的な行為で嬲ったり、自分のことは棚に上げてわたしの浮気封じだと称して剃毛《ていもう》したりして、そのあとこんどは打って変わってマゾになり、わたしに平身低頭謝って、いじめてほしいと懇願《こんがん》するのです。でもわたしがいけないのです。そんな夫にいやいや応じているうちに、気がついたときにはわたし自身、そういう行為に快感をおぼえるようになってしまっていたのですから。

そういうわたしがいやでした。いやでいやでたまりませんでした。でもどうすることもできなかった……。だから最期に、夫にされたと同じことを北見くんにしてもらって、そうすることでいやな思いを消し去って死のうと思ったのです。

夫を殺したのは衝動的でした。わたし自身わたしの一番いやなところ——そのことを憎みながらも異常なセックスに燃えてしまって憎みきれないところを、夫はあからさまに言い立てて嘲笑《ちょうしょう》したのです。気がついたときには花瓶《かびん》で夫の頭を殴りつけていました。

バカなことをしたと思います。でもこれがわたしの運命だったのかもしれません。

最後に北見くんには心から感謝しています。いい思い出をありがとう。

さようなら……未央

読み終わったとき、北見は全身から力が抜けていくようだった。同時に胸の底から眼の裏に熱いものが込み上げてきた。

〈初出一覧〉

さくらの降る街　草凪　優　『小説NON』二〇〇七年六月号
比翼の鳥　鷹澤フブキ　『小説NON』二〇〇七年一月号
烏瓜　皆月　亨介　『小説NON』二〇〇六年十二月号
蜜のしっぺ返し　長谷　一樹　書き下ろし
幸運の女神　井出　嬢治　『小説NON』二〇〇六年六月号
揺れない乳房　八神　淳一　『小説NON』二〇〇六年二月号
マジックミラー　白根　翼　『小説NON』二〇〇六年九月号
視線上のアリア　柊まゆみ　『小説NON』二〇〇七年四月号
朝まで愛して(「淫乱な夜」改題)雨宮　慶　『小説NON』二〇〇七年五月号

秘戯E

一〇〇字書評

切り取り線

購買動機（新聞、雑誌名を記入するか、あるいは○をつけてください）

- □（　　　　　　　　　　　）の広告を見て
- □（　　　　　　　　　　　）の書評を見て
- □ 知人のすすめで
- □ タイトルに惹かれて
- □ カバーがよかったから
- □ 内容が面白そうだから
- □ 好きな作家だから
- □ 好きな分野の本だから

●本書で最も面白かった作品名をお書きください

●あなたのお好きな作家名をお書きください

●その他、ご要望がありましたらお書きください

住所	〒				
氏名		職業		年齢	
Eメール	※携帯には配信できません	新刊情報等のメール配信を希望する・しない			

あなたにお願い

この本の感想を、編集部までお寄せいただけたらありがたく存じます。今後の企画の参考にさせていただきます。Eメールでも結構です。

いただいた「一〇〇字書評」は、新聞・雑誌等に紹介させていただくことがあります。その場合はお礼として特製図書カードを差し上げます。

前ページの原稿用紙に書評をお書きの上、切り取り、左記までお送り下さい。宛先の住所は不要です。

なお、ご記入いただいたお名前、ご住所等は、書評紹介の事前了解、謝礼のお届けのためだけに利用し、そのほかの目的のために利用することはありません。またそのデータを六カ月を超えて保管することもありませんので、ご安心ください。

〒一〇一―八七〇一
祥伝社文庫編集長　加藤　淳
〇三（三二六五）二〇八〇
bunko@shodensha.co.jp

祥伝社文庫

上質のエンターテインメントを！　珠玉のエスプリを！

祥伝社文庫は創刊15周年を迎える2000年を機に、ここに新たな宣言をいたします。いつの世にも変わらない価値観、つまり「豊かな心」「深い知恵」「大きな楽しみ」に満ちた作品を厳選し、次代を拓く書下ろし作品を大胆に起用し、読者の皆様の心に響く文庫を目指します。どうぞご意見、ご希望を編集部までお寄せくださるよう、お願いいたします。

2000年1月1日　　祥伝社文庫編集部

秘《ひ》戯《ぎ》E　官能アンソロジー

平成19年7月30日　初版第1刷発行
平成21年5月30日　第2刷発行

著者　草凪《くさなぎ》 優《ゆう》・鷹澤《たかざわ》フブキ
皆月亨介《みなづきこうすけ》・長谷一樹《はせかずき》
井出嬢治《いでじょうじ》・八神淳一《やがみじゅんいち》
白根《しらね》 翼《つばさ》・柊《ひいらぎ》 まゆみ
雨宮《あまみや》 慶《けい》

発行者　竹内和芳
発行所　祥《しょう》伝《でん》社《しゃ》
東京都千代田区神田神保町3-6-5
九段尚学ビル　〒101-8701
☎ 03(3265)2081(販売部)
☎ 03(3265)2080(編集部)
☎ 03(3265)3622(業務部)
印刷所　図書印刷
製本所　図書印刷

造本には十分注意しておりますが、万一、落丁、乱丁などの不良品がありましたら、「業務部」あてにお送り下さい。送料小社負担にてお取り替えいたします。

Printed in Japan

ISBN978-4-396-33371-3　C0193

祥伝社のホームページ・http://www.shodensha.co.jp/

祥伝社文庫

藍川 京ほか　秘本 卍《まんじ》

睦月影郎・西門京・長谷一樹・鷹澤フブキ・橘真児・皆月亨介・渡辺やよい・北山悦史・藍川京

櫻木 充ほか　秘戯S（Supreme）

櫻木充・子母澤類・橘真児・菅野温子・桐葉瑶・黒沢美貴・降矢木士朗・高山季夕・和泉麻紀

草凪 優ほか　秘戯E（Epicurean）

草凪 優・鷹澤フブキ・皆月亨介・長谷一樹・井出嬢治・八神淳一・白根 翼・柊まゆみ・雨宮 慶

牧村 僚ほか　秘戯X（Exciting）

睦月影郎・橘真児・菅野温子・神子清光・渡辺やよい・八神淳一・霧原一輝・真島雄二・牧村僚

睦月影郎ほか　XXX《トリプルエックス》

藍川京・館淳一・白根翼・安達瑶・森奈津子・和泉麻紀・橘真児・睦月影郎・草凪優

睦月影郎ほか　秘本 紅の章

睦月影郎・草凪 優・小玉二三・館 淳一・森奈津子・庵乃音人・霧原一輝・真島雄二・牧村 僚